噬血狂襲

STRIKE THE BLOOD

1

聖者的右臂

三雲岳斗

illustration マニャ子

Kadokawa Fantastic Novels

曉古城
「第四真祖」The Fourth Primogenitor
世界最強的「怠惰」吸血鬼

姬柊雪菜
「劍巫」Swords - Shaman
獅子王機關的嬌柔監視者

藍羽淺蔥
「電子女帝」Cyber Empress
華麗任性的電腦天才女高中生

矢瀨基樹
「好友？」Buddy or…
開朗的學友或者雙面小丑

曉凪沙
「真祖之妹」Sister of Primogenitor
天真爛漫而聒噪的賢妹

魯道夫・奧斯塔赫
「殲教師」Armed Apostle
來自異邦的武裝辟魔師
亞絲塔露蒂
「人工生命體」Homunculus
供眷獸寄宿的純淨人偶

Contents

三雲岳斗

illustration マニャ子

噬血狂襲

STRIKE THE BLOOD

聖者的右臂

1

Kadokawa Fantastic Novels

序章 Intro

盛夏之城——

那座都市被稱作絃神島。浮在太平洋上的小島，一座用碳纖維、樹脂、金屬以及魔法打造的人工島。

掛在頭上的皎潔明月，冷冷地照著環繞城市的大海。

時間已接近深夜，日期即將改變。

燈源熄滅的大樓窗面，反射著街燈的光，樣貌宛如碎裂的魔鏡。車站前的鬧街是一片輝煌絢爛的霓虹之海；深夜營業的家庭餐廳；ＫＴＶ；便利超商。街上仍滿是年輕人。

天真地喧鬧、談笑之餘，他們不時也會聊到一些無稽的流言。

言之無物的話題純粹為了解悶。稀鬆常見的都市傳說；第四真祖；據說在這座城市的某處有吸血鬼——年輕人就聊這些流言。

男子語氣認真地說了。第四真祖不死且不滅，不具任何血族同胞、不求統治，率有災厄的化身十二眷獸，只顧啜飲人血、殺戮、破壞。其乃冷酷無情的吸血鬼，超脫於世理之外，更是以往毀滅眾多都市的怪物。

而女子一臉無趣地搭腔。

——哦——然後呢？

絃神島，魔族特區。在這座城裡，怪物根本不稀奇。

縱使那是世界最強的吸血鬼。

†

這時傳聞中的第四真祖，正走在通往住宅區的步道上。

他穿著白色連帽衣，將帽子戴上，模樣像個提著超商購物袋的年輕男子。

年齡約莫十五、六歲。看起來像普通高中生，而事實上，他就是高中生。

劉海的色澤略淺，有如狼的體毛。即使連這點也算在內，他仍然沒有特別醒目之處，是個隨處可見、挺普通的少年。

儘管並不疲倦，他的腳步卻顯得有氣無力。裝在超商購物袋裡的，是兩盒限定款冰品。

大概是夜裡被突然想吃冰的妹妹央求，就出門到附近超商買東西的男高中生。氣質上感覺是如此。

路上除了少年以外，還有其他行人。

穿著鮮豔浴衣，兩人相伴而行的年輕女性。

她們應該比少年略為年長，雖然還留有學生氣質，卻具備高中生所沒有的姿色。偶爾露出的臉龐上畫了濃妝，不過倒也算十分漂亮。

少年和兩人隔著距離走著。然而，也許是木屐穿得並不習慣，她們的腳步很慢，彼此的距離逐漸拉近。順著夜風，飄來了她們的香水味。

少年面前傳出小小的叫聲。

她們當中的一個人，因為路面高低差而絆到腳，失去平衡跌倒了。浴衣下襬敞開大片，跌坐地上的女性裸露出大腿。

少年無意識地停下腳步，望著那幕景象。

不過吸引他目光的，並非敞開的浴衣下襬，而是她們的頸根。在浴衣領口及束起的秀髮間露出的細細頸根，肌膚白皙。

血管隱約透著藍，即使在幽暗的路燈下，位置仍相當清楚。

少年屏息注視著那裡。

像是為強烈的饑渴所迫，他微微地吞嚥了一下。之所以用右手遮著眼，或許是要掩飾染成赤色的虹膜。

猶似妖氣的異樣氛圍，由他全身靜靜散發開來。放聲笑出來的兩名女性，還沒有注意到這一點。

「…………唔！」

緊接著在下個瞬間，少年按著自己的鼻尖，低聲嘆息。

他就這樣再次邁出腳步，彷彿什麼都沒發生過。

有深紅液體從少年的指縫溢出。而在口腔裡，有股暖意正逐漸擴散。鼻血。甜美帶金屬臭味的，血液氣味。

少年一邊粗魯地擦拭噴出的鼻血，一邊快步離開現場。在他背後，女性們的笑聲至今仍然持續著。

他們頭頂上掛著盛夏之月。溫暖潮濕的海風，吹過了街道。

「……饒了我吧。」

也沒有要對誰抱怨，少年嘀咕著，鼻血依舊流不停。

†

盛夏森林裡——

煌煌燃燒的篝火，照亮深夜的神社境內，照進拜殿的是淡淡月光。空氣會冷得令人忘記季節，大概是拜籠罩著神社的結界所賜。

原本嘈雜的蟲鳴，現在也幾乎聽不見了。

少女一語不發，坐在寬廣的拜殿中央。

是個相貌標緻的女孩，儘管還留著些許青澀。

她的身材苗條纖瘦，但不會給人飄渺的印象。少女反而像一道精工鍛造的刃，感受得到柔中帶剛的強韌。會讓人這麼認為，也許是她正經八百緊閉的唇，以及眼裡蘊藏的強烈光芒所致。

少女身上穿的，是位於關西的私立國中制服。

那是一間信仰神道的名校，但知道那裡是「獅子王機關」下層組織的人並不多。

拜殿裡有三名先到的貴客。

御簾遮著看不見人影。不過他們的身分，少女也已經在事前就得知了。

他們是獅子王機關的長老，人稱「三聖」。

儘管三聖全是最高層次的靈能者或魔法師，瀰漫於他們身邊的氣息卻顯得靜謐，絲毫不具壓迫感。這一點反而恐怖。

少女無意識地揪緊了制服的袖口。隨後——

「報上妳的姓名。」

御簾另一邊傳來聲音。語氣嚴肅，但不會覺得冷漠，是個比想像中年輕，帶著某種笑意的女性嗓音。

「我姓姬柊。姬柊雪菜。」

遲了一瞬，少女回答。緊張使聲音略為發抖。但御簾另一邊的女性不以為意，繼續對少女質問。

「年紀呢？」

「再四個月就十五了。」

「是嗎……姬柊雪菜。妳開始修行，是在七年前吧。當妳度過七歲生日後立刻開始的……在飄著雪的寒冷夜晚，妳隻身一人被帶來機關。記不記得那天的狀況？」

御簾另一邊的女性自言自語似的，忽然朝雪菜問道。雪菜感到背脊發冷。對方應該並沒有事先調查，而是讀取自雪菜的記憶。壓倒性的超感官知覺，全然不把雪菜預先設下的精神防壁當作一回事。

「不……我只有曖昧不清的記憶。」

雪菜微微搖頭。這句話並非事實，對方應該也察覺到了。但女性沒有做任何糾正，相對的，她繼續提出質問：

「妳的成績似乎不錯，緣堂很誇妳。」

「感謝您的誇獎。」

「我和緣堂一起工作過幾次，她是非常優秀的攻魔師。妳那道精神防壁所用的術式，和她有相同特質。妳還從緣堂那裡學過些什麼？」

「全方面的咒術與巫術，另外還有幻術和辟禍。」

「魔法呢？緣堂的專長應該在那方面吧。」

「大陸系統的學了一個段落，西洋魔法我只接觸過基礎理論而已。」

「與魔族的戰鬥經驗呢？」

「模擬戰鬥的話，在培育所大約受過兩次集中訓練。實戰就沒有了。」

「武術呢？」

「我會。姑且算會。」

「是嗎？『那就好』。」

御簾另一邊傳來女性展露笑意的動靜。

「——唔？」

瞬時間，感應到殺氣驟然膨脹的雪菜，旋即縱身躍起。

她猛蹬木質地板，直接翻了個跟斗在後方著地。這並非經過頭腦思考的行動，是肉體察覺到危險，無意識就動了。

揮下的利刃劈裂大氣，橫刀掃過雪菜方才坐的位置。

假如動作慢上一拍，雪菜肯定已經喪命。那是用真刀認真使出的斬擊。

兩名高大的鎧甲武者，從黑暗中鎔鑄成形似的現身。

手握粗糙太刀的無臉武士，以及左右張弓的四臂武士。

他們並不具備實體，而是靠咒術創造出的式神。恐怕是御簾另一邊的三人當中，某一位下的手。但在理解這些以前，雪菜就轉守為攻了。

「撼鳴吧！」

雪菜口裡誦唱短促咒語，並將咒力集中於掌面，再隔著式神的鎧甲，將這股力量直接貫入內部。

鎧甲武者的形影頓時消散，只留下先前握的太刀。

雪菜在空中接住了用為式神觸媒的那挺太刀。她用搶來的太刀防禦，擋去第二名鎧甲武者的攻擊，再順勢攔腰橫劈，將剛剛放完箭的對手一刀兩斷。第二名鎧甲武者也隨之消滅。

「請問……這是什麼意思？」

雪菜些微喘著氣，同時將太刀舉向御簾。

她無意再和式神交手。戰鬥要是拖長，力量居於劣勢的雪菜不會有勝算。哪怕對手是獅子王機關的長老們，假如他們想繼續消遣，自己就得直接制伏施術者。雪菜是如此判斷的。

御簾另一邊傳來稀疏掌聲，彷彿那些人就是在等雪菜這樣表態。

「呼哈哈哈。判斷得不賴，姬柊雪菜。妳這關過得漂亮。」

聽得見男子滿意地笑著，嗓音既低又粗。

接著是一陣年齡和性別都讓人分不出的說話聲：

「不長於咒詛卜筮，在靈視、劍術方面卻擁有傑出天分的奇才……如同報告書所載，是個典型的劍巫啊。就先給她合格吧。」

「合格……？」

面對御簾另一邊傳來的長老談話聲，雪菜不悅地蹙起眉。

「沒錯。妳要獲得劍巫的資格，原本得再修行四個月。但是，狀況改變了——坐下來，姬柊雪菜。」

最初的那名女性出聲說道。雪菜不情願地照著她的話，回原位端正坐好，然後嘆了口氣擱下太刀。

「好了，讓我們進入正題吧。」

「是。」

「答得好。首先，看看這個。」

隨著這句話，有東西從御簾的縫隙出現了。是隻蝴蝶。

悄悄拍著翅膀的蝴蝶落在雪菜面前，幻化成一張照片。

照片上是一個穿著高中制服的男學生。似乎有人將他和朋友談笑的模樣，偷偷拍成了這張照片。表情毫無防備，看起來隨時有機可趁。

「這張照片是？」

「曉古城是他的名字。妳聽過嗎？」

「沒有。」

雪菜坦白地搖頭。實際上，她第一次見到那張臉。她的回答應該從一開始就被料到了。

女性別無感慨地繼續問道：

「妳對他有什麼感覺？」

「咦？」

質問來得突然，讓雪菜感到困惑。

「光看照片我並不知道確切情形，但他在武術方面恐怕是徹底外行，或者屬於初學者範疇。而且身上看來並沒有配戴危險的詛咒物，也沒有察覺到拍照者的形跡。」

「不，我不是要聽這些，而是要問妳對他有什麼感覺。換個說法，他合妳的喜好嗎？」

「什……什麼？妳是指……？」

「比如長相優劣、外表喜歡或討厭，我想談的是這些。妳覺得如何？」

「請問……這是在戲弄我嗎？」

雪菜口吻不悅地反問。儘管摸不清長老們真正的用意，但是從他們不合時宜的問題可以感受到惡意。她不禁想將手伸向擱在地上的太刀。

對於雪菜這樣的反應，御簾另一邊的女性失落地嘆道：

「那麼，妳有沒有聽過第四真祖這個詞，姬柊雪菜？」

更為唐突的問題，使雪菜微微屏住氣息。只要是正常的攻魔師，幾乎任何人光聽到這個名字，就會沉默上一陣。

「妳是指焰光夜伯(Kaleido Blood)？據傳率有十二眷獸的，第四名真祖——」

「正是他。那個不具任何血族同胞，唯一而孤高的最強吸血鬼。」

冷靜的女性嗓音迴響於拜殿。

第四真祖「焰光夜伯」——

與魔族有牽連的人，不可能沒聽過這個名字。

因為那是「世界最強的吸血鬼」所擁有的頭銜。

儘管他並沒有自己報上這種名號，至少世間的認知就是如此。就連理應與他敵對的人，都沒有刻意否定這個名號。第四真祖就是這樣的存在。

「可是，我聽說第四真祖並非實際存在。有人認為那屬於都市傳說。」

對於雪菜的話，女性顯露出搖頭否認的動靜。

所謂真祖，是指統率黑暗血族的帝王。最為古老，也具備最強大魔力的「始源吸血鬼」。他們麾下領有同族數千數萬的大軍，各自在三塊大陸建立了自治的夜之帝國(Dominion)。

「的確，存在受到公認的真祖只有三名。支配歐洲的『遺忘戰王(Lost Warlord)』、西亞洲盟主『滅絕之瞳(Forgazer)』，以及統治南北美的『混沌皇女(Chaos Bride)』——相對於他們，第四真祖並未擁有自己的血族，因此也沒有領地。」

「然也。不過光是如此，也不能證明第四真祖不存在。」

男子接在女性之後，口氣粗魯地說。另一名長老的嗓音也跟著出現了。

「妳可記得，今年春天發生在京都的爆炸事故？」

「……咦？」

「四年前羅馬的列車事故，還有中國的都市消失事件，曼哈頓的海底隧道爆破事件也是啊。要談舊案子的話，雪梨那場大火災也是。」

「難道您是指……那些全是第四真祖下的手？」

雪菜的表情僵住了。長老若無其事提到的，每項都是傷亡慘重的大規模駭人恐怖事件，在新聞中全被報導為犯人不詳。可是，假如那些事件都與真祖有關，能以那點程度的損害作結，反而堪稱幸運。

「所有的狀況證據，都顯示第四名真祖確實存在。」

面對臉色發青的雪菜，最初的女性說道。

「一直以來，他們在歷史的轉捩點肯定會現身，並且為世界帶來虐殺及大破壞。但問題不只如此。第四真祖的存在，將會擾亂這個世界的秩序和安定。其中的理由，妳懂吧？」

「是的。」

雪菜僵硬地點頭。

具備名為「吸血」的種族特質，以及高度知性教養的那些吸血鬼，並非永遠只會與人類敵對。他們當中有許多分子喜歡融入人類社會生活，更懂得謹慎地避免與人類這個種族全面交戰，直至今日。

而且各國政府與真祖們之間，也訂有禁止無差別吸血的條約，表面上看來似乎已實現和平的共存。然而，這是因為三個夜之帝國間的強弱關係，建立在一個極難捉摸的平衡上。

「那些真祖會答應締結聖域條約，是因為這幾十年間，他們始終互相牽制而維持三強鼎立的狀態。他們總是畏懼有自己以外的真祖存在，沒有空閒與人類為敵。」

「是的。」

「但是，假如有和他們具備同等力量的第四名真祖出現，那種均衡大概就會輕易瓦解。最糟的情況，難保不會引發波及人類的大規模戰爭。」

「第四真祖所在的地方，已經查出了嗎？」

雪菜用緊張的嗓音問。不知為何，她有股非常不好的預感。

「嗯。雖然還沒得到確認，大致是不會錯了吧。」

「他人在哪？」

「東京都絃神市——人工島（Giga Float）上的『魔族特區』。」

女性的回答，使雪菜有一陣子無法吭聲。

「第四真祖，就在日本……？」

「這就是今天叫妳過來的原因，姬柊雪菜。我以獅子王機關『三聖』之名下令，命妳負責監視第四真祖。」

女性用沉靜卻不容拒絕的語氣宣告。

「要我負責……監視第四真祖？」

「沒錯。還有，萬一妳判斷監視對象是危險的存在，請全力將其抹殺。」

「抹殺……？」

雪菜動搖得說不出話。

這之中有她對第四真祖的恐懼，也有自己是否能接下如此重任的不安。

儘管以往修行時，雪菜並不曾敷衍了事，但她終究尚在見習。要當真以為自己能打倒第四真祖，她倒沒有自負到這種程度。畢竟真祖擁有的戰鬥力，據稱可以匹敵一國軍隊，是貨真價實的怪物。

可是，若沒有人接下這項任務，遲早會有為數眾多的人們遭遇災厄。

「收下這個，姬柊雪菜。」

女性從御簾捲起的縫隙中，遞過來某項物品。在篝火照耀下，在黑暗中顯露出形影的是一把銀色長槍。雪菜知道這把槍的名稱。

「這是……」

「七式突擊降魔機槍『Schneewalzer』。槍銘『雪霞狼』。」

妳知道這名字對不對？女性如此問道。對此雪菜無助地點了頭。

七式突擊降魔機槍，是獅子王機關為了對抗具特殊能力的魔族所研發的武器。由高度金屬精鍊技術鍛造的槍尖，具備類似最新銳戰鬥機的俐落外型，機槍的稱呼可說是恰如其分。

但由於武器的核心使用到古代寶槍，不利於量產，據說世界上僅有三把。無論如何在個人所能駕馭的武器當中，這肯定可以斷言為最強等級，乃是獅子王機關的祕藏兵器。

「要把這……交給我？」

雪菜接下遞過來的槍，一臉難以置信地問道。

但女性反而發出沉沉的嘆息。

「既然對手是真祖，我們也希望能配給更強的裝備再讓妳啟程，但就現狀而言，這就是我們所能準備的最強武神具。妳願意收下吧？」

「是的，那當然……可是……」

雪菜這麼說著，露出困惑的表情。

從御簾縫隙遞過來的物品，不只槍而已，還有一套包著塑膠膜的全新制服，摺得整整齊齊的被親手交過來。帶水手衣領的女用襯衫及百褶裙，以白和藍為基調色彩。看來似乎是國中的女生制服。

「請問……這個是？」

「這是制服。我請人準備了合妳身高的尺寸。」

「呃……我是想問，為什麼需要制服？」

「因為妳的監視對象就讀於這套制服所屬的學校。」

「啊？」

雪菜聽不懂交代給自己的內容，稍稍陷入混亂。

「咦？監視對象……第四真祖……是學生？咦？」

「私立彩海學園高中部一年B班，座號一號。那就是第四真祖曉古城現在的身分，因此獅子王機關裡沒有方便和他接觸的人才。除了妳，姬柊雪菜一個人之外。」

「曉古城……這張照片上的人物就是第四真祖……？咦咦！」

雪菜低頭看了擱在地上的照片，瞪圓了眼睛。

隔著御簾，可以感覺到「三聖」苦笑的動靜。直到這時，雪菜才總算明白，為什麼如此重大的任務，會選上她這樣不成熟的劍巫。

「我重新對妳下令，姬柊雪菜。從現在起妳要『全力接近他，並且監視他的行動』。轉學到彩海學園的手續已經替妳辦好了——言盡於此。」

僅單方面交代完這些，御簾另一邊長老們的動靜便消失了。

獨自被留在拜殿的雪菜，連呼吸都忘記了，只顧著茫然凝視手中的槍。

第四真祖；轉學；接觸；監視；抹殺。難不成，自己被捲進了天大的災難？雪菜這麼想著，不自覺發出微微嘆息。

不擅占卜的她，終於發現這股直覺正確無誤，已經是一段日子之後的事了——

第一章 魔族特區

Demon Sanctuary

1

強烈的陽光，從即將染成夕色的西邊天空照下。

「好熱……要著火了，要烤焦了。我會變成灰……」

午後的家庭餐廳。曉古城趴在窗邊的座位，奄奄一息地呻吟。

穿著制服的高中生，除去身上的白色連帽衣不說，就沒什麼足以稱為特徵的部分，感覺是隨處都有的男學生。還算端正的臉孔表情懶散，睏倦眯起的眼睛則帶著耍賴般的氛圍。

這是八月最後的星期一，天氣晴朗。室外氣溫早就超過人類的體溫，即使到了夕陽渲染的時刻，還是完全不見降溫的跡象。全力運作的冷氣似乎也沒有餘力將冷風送到古城坐的位於店裡內側的座位。

古城讓穿透薄薄百葉窗的大量致命紫外線照到身上，懶散地瞪著攤在桌上的題庫。

「現在幾點了？」

從古城嘴裡冒出的，是一陣有如自言自語的嘀咕。坐在正對面的其中一個朋友語帶笑意地回答：

「就快四點囉。剩下三分二十二秒。」

「……已經這個時間了喔。記得明天補考是早上九點對吧？」

「只要今晚都不要睡覺，就還有十七個小時又三分鐘。來得及嗎？」

坐在同一張桌子旁的另一個人，則像是不關己事地悠哉問道。古城沉默不語，默默朝成堆的教科書望了半餉。

「欸……之前我就隱約介意一件事了。」

「嗯？」

「為什麼我非得補考這麼多科？」

聽到古城自問般的嘀咕，兩個朋友抬起頭。

包含英語和數學各兩科在內，古城被要求補考的科目共九科，外加體育實技的半程馬拉松。在暑假的最後三天期間，會碰上這種狀況的人確實很少。

「——話說，這次補考的出題範圍也太廣了吧。這些在課堂上還沒教到耶。而且一個星期補修七天是什麼狀況？我們學校的老師跟我有仇嗎？」

聽完少年悲痛的呼喊，他的朋友們看向彼此。穿著相同學校制服的男女各一名，兩個人都傻眼般露出「事到如今還用問嗎？」的表情。

「呃……仇恨嘛，當然是有囉。」

手中把玩著自動鉛筆回答的，是個將短髮抓成刺蝟頭、脖子上掛著耳機的男學生。他叫做矢瀨基樹。

「誰叫你每天都不當一回事地翹課，照常理來想，老師當然會覺得你藐視他們……況且你連暑假前的考試都無故缺考嘛。」

藍羽淺蔥優雅地保養她的指甲，同時帶著笑容說道。

亮麗髮型、妝點程度遊走於校規邊緣的制服。大概是她美感獨具吧，即使如此搭配，很奇妙地並沒有造成俗豔的印象。總之淺蔥是個容貌醒目的女生。

只要不開口，淺蔥毋庸置疑是個美女，但也許是臉上總帶著賊笑的關係，缺了點魅力。和她相處會覺得輕鬆得像跟哥兒們在一起，也是因此所致。

「……我說那是不可抗力啦，當中有很多因素。基本上我現在的體質就是受不了在一大早考試，都強調過那麼多次了，實在拿那個班導師沒輒……」

古城語氣煩躁地說起藉口。他的眼睛之所以稍微冒著血絲，並不是因為生氣，單純只是睡眠不足的緣故。

「體質是什麼意思？古城你有花粉症之類的毛病啊？」

淺蔥一臉不可思議地問道。察覺到自己失言，古城歪著嘴回答：

「呃，不是。簡單說就是夜貓族，或者該解釋成不習慣早起啦。」

「那算體質的問題嗎？又不是吸血鬼。」

「也對……哈哈。」

古城帶著僵硬的笑容把話含混帶過。在這座城市，吸血鬼的存在並不算稀奇。那種分子就和花粉症患者一樣泛濫，對於現在的古城來說，其實反而是個問題。

「我倒喜歡那月美眉就是了。她是好老師啊。出席天數不夠的部分，她不是讓你用補修抵掉了嗎？」

淺蔥發出「滋滋——」的聲音吸著飲料回話。是沒錯啦——古城也如此附和。

「再說我也覺得你很可憐，才會像這樣教你功課嘛。」

「敢用別人的錢吃飽喝足，妳就別說這種賣人情的話了。」

淺蔥面前堆了一疊餐點的盤子，古城則忿忿地看著那些。儘管不知道苗條身材哪裝得下那些，不過淺蔥就是個超乎常理的大饕客。「我教你功課，然後你請我吃飯。」古城在淺蔥如此提議時卻忘了她的食量，因而很不甘心。

「先聲明，是我墊錢幫淺蔥付餐費的。要記得還啊，古城。」

矢瀨冷靜地糾正。明明是有錢人的兒子，對這方面卻算得意外仔細。

「我知道啦，可惡……你們這樣也算流著溫熱血液的人類嗎？」

「不不不，無論怎麼想，借了錢還打算倒帳的傢伙才是壞人吧……還有，你那句話，提

到血冷不冷熱不熱的，會變成歧視用詞喔。注意一點。」

總之，在這座島上要小心才行。矢瀨語帶諷刺地笑著說道。

「現在的社會真麻煩……『那些當事人』又不會在意。」

至少「我就不會在意」——古城在口中如此嘀咕以後，自暴自棄地嘆息。

「啊——……已經這麼晚了？那我要走囉。去打工。」

淺蔥看了手機，把剩下的飲料一飲而盡後起身。古城抬頭看著她問道：

「妳說的打工是那個嗎？人工島管理公社的……」

「對對，替保安部的電腦做安全維護的差事。滿不賴喔。」

淺蔥朝空中做出打鍵盤的動作，然後揮手說了聲「掰囉」就離開店裡。雖然她的口氣悠哉得像是去超市打收銀機，不過管理公社的保安部並非普通人可以貿然進出的場所。

「我平時都會覺得有那種外表和性格還身兼天才程式設計師，真的很不公平。應該說，我到現在還是無法相信……但她確實從小鬼頭時開始，成績就一直衝在最前面就是了。」

矢瀨目送淺蔥的背影，同時慵懶地托腮。

據說矢瀨和淺蔥是在上小學以前就認識的老交情。他們倆十年前就住在這座島上，意思是在古城等這一輩的人當中，他們屬於在絃神市住得最久的居民。建造於人工島嶼上的這座城市，從完工算起還沒二十年。

「只要有人肯幫我準備考試，怎樣都好。」

古城頭也不抬地說。矢瀨觀察他那模樣，若無其事地透露：

「這麼說來，淺蔥會教別人功課讓我挺意外的。因為她討厭那樣。」

「討厭？為什麼？」

「大概是她不想被人當成頭腦特別好或是死讀書吧。別看淺蔥那樣，她小時候也吃過不少苦頭。」

「哦……我都不知道有這回事。」

古城一邊為麻煩的因數分解題感到頭痛，一邊用不以為意的口氣回答。

他搬到紘神市是在四年前剛升上國中的時候。和矢瀨等人是在過了不久後就認識，之後他們偶爾會結伴行動。古城已經不記得原因，但他隱約有印象，先對他開口的似乎是淺蔥。

「那傢伙教我時倒是都不會抱怨，而且這次也讓我抄了滿多作業。」

「是喔，那真奇怪了。為什麼只有你得到特別待遇？很讓人在意吧？」

矢瀨誇張地歪著頭，嘀咕得有些刻意。

也沒有吧——如此回話的古城卻搖搖頭。

「因為那傢伙都會記得要求回報啊。有時要我請吃飯，有時把輪到的值日生或掃地工作推給我，我還不是一樣辛苦。」

「這……這樣啊。」

矢瀨貌似失望地垂下肩膀。這兩個傢伙沒救了——他說著捂住自己的眼睛。古城面對朋友這副可疑的模樣，緩緩抬起頭問：

「怎麼了嗎？」

「沒事，啥也沒有。那我差不多要回去了。」

「啊？」

「哎呀，既然作業抄完了，淺蔥不在，在這裡用功也沒意義吧。我要補考的只有一個科目，只要今天一個晚上的時間準備就還過得去。唉，你盡量加油好了。」

掰啦——矢瀨這麼說完，收拾東西起身。目瞪口呆的古城則一副傻樣仰望著朋友。看來矢瀨似乎是在匆忙間就趁機將自己作業該抄的部分抄完了。

另一方面，古城的那份作業幾乎還沒動筆。畢竟光準備補考就沒空檔了，說起來也是理所當然。然而壓倒性的落差擺在眼前，要讓瀕臨絕路的古城感到挫折已經足夠。

「我沒勁了啦……」

一個人被留在家庭餐廳，古城再次趴倒在桌面。

說起來肚子也餓了。不過古城的錢包裡，目前並沒有額外點餐的閒錢。只靠飲料吧的汽水果腹，也已經快到極限了。

談到吸血鬼，會有他們只需要喝紅酒或番茄汁的印象，但實際上吸血鬼的肚子照樣會餓、照樣要吃飯，這些聽起來總讓人有種被耍的感覺。儘管白天只會想睡、照樣能活動這一點是挺令人慶幸的。

古城茫然望著全白的題庫。

忽然間，他想起在某堂課聽到的內容。完成各種進化的生物當中，最有可能存活下來的是「在生存環境中達成最適化」的種族。因此目前存活下來的生物，就是最適者的子孫——似乎有這樣的學說。

也就是適者生存或物競天擇的道理。

儘管古城多少也認為：「解釋得那麼單純行嗎？」但他可以理解，這樣確實簡單明瞭。

反過來說，被自然淘汰的生物，就是無法適應環境的種族。

假設在遙遠的古代，曾有獲得神一般力量的英雄或超人，像他們那樣具有異能之力的種族之所以無法存活下來，也能用相同道理解釋。

因為，他們無法適應周遭的環境。

曉古城相當清楚這一點。

即使力量再強、即使具備堅韌的肉體、即使被稱作「世界最強的吸血鬼」，那樣的能力在現代社會並無法派上用場。

畢竟他連補考出題範圍的薄薄一本題庫也沒辦法寫完——

「我也回家吧……希望凪沙沒忘記做飯就好。」

古城如此嘀咕，將教科書和題庫塞進包包，然後抓起帳單起身。

在櫃台結了帳以後，原本就顯得悲戚寂寥的錢包裡，只剩下一點零錢。照這樣下去，會落得連明天以後的午餐費都沒著落的下場。

為了向妹妹借錢，該找什麼樣的理由呢——古城一邊認真思考這種問題一邊走向店家出口。接著他忽然止步，朝炫目的夕陽瞇起眼。

家庭餐廳的正對面，交叉路口的另一邊。

逆光下，有道少女的身影。

是個身穿制服、揹著黑色吉他盒的女學生。

她背對太陽，一語不發地站著。

彷彿等候著古城般，少女一動也不動地站在那裡。

2

絃神島是位處太平洋正中央，漂浮於東京南方海上三百三十公里附近的人工島。由名為Giga Float的超大型浮體構造物相連構成，是一座完全出自人工的都市。

總面積約一百八十平方公里，總人口約五十六萬人。儘管行政劃分上被稱為東京都絃神市，實際上則是擁有獨立政治系統的特別行政區。

受暖流影響，島上氣候穩定，即使在盛冬平均溫度仍超過二十度。

位於熱帶地區，是所謂一年四季都是夏天的島嶼。

然而，這座島的主要產業並非觀光業。

非但如此，島上的人員出入更經過嚴格把關，不可能會有尋常觀光客造訪。

絃神市是學術都市。製藥、精密機械、高科技素材產業等足以代表日本的大企業，或是知名大學的研究機構，都密布於這座島嶼。

那是因為只有在遠離日本本土的這座人工島上，才允許進行某個領域的研究。

魔族特區。

這就是絃神市被賦予的另一個名字。

獸人、精靈、半妖半魔、人工生命體，以及吸血鬼——在這座島上，這些因為自然破壞的影響或與人類間的戰爭而數量遽減、瀕臨滅絕危機的魔族，其存在是獲得公眾認同且受到保護的。而他們的肉體組織或特殊能力則會透過解析，利用於科學或拓展產業領域——絃神

市就是為此建造的人工都市。

島上的居民泰半是研究人員及其家眷，還有市政府認可的特殊能力者。

在這當中，當然也包含成為研究對象的眾魔族。協助特區營運的魔族會得到市民權做為回饋，被允許和人類同樣求學、就業、居住。

若要形容，紘神市就是為了讓魔族與人類共同生活的模範都市——

或者，該稱作廣闊的實驗用牢籠。

「——話說回來，這種熱天氣最讓人吃不消，饒了我行不行啊？可惡！」

古城將連帽衣的帽緣拉到眼睛底下，傾全力抵抗陽光，嘴裡咒罵著。

在這座高溫潮濕的島上，體感溫度要比溫度計顯示的數值高。經過盛夏海面而升溫的風，就某個層面而言，比沙漠的熱風更惡劣。就先別提吸血鬼怕太陽，這樣的環境即使對普通人類來說也是相當煎熬。

從家庭餐廳到古城家的距離，搭乘繞行市內的單軌列車大約要十五分鐘。可是，為了不消耗寥寥無幾的零錢，古城也只剩走路這個選項。他走在沿海的購物商圈，燒灼皮膚的夕陽不斷曬到身上。

接著古城用不著痕跡的動作確認背後，看似無聊地哼了聲。

「我被跟蹤了……對吧？」

距離古城約十五公尺的後方有一名少女。那是他離開家庭餐廳時曾看到，揹著低音吉他硬盒的少女。

對方穿得和淺蔥一樣，是彩海學園的女生制服。從領口打的並非領帶而是蝴蝶結這點看來，大概是國中部的學生。

古城沒見過那張臉。儘管五官漂亮，卻有某種類似不與人親近的野貓般的氣質。也許是對短裙還不習慣，她偶爾會出現缺乏遮掩而驚險的動作。

對方始終和古城保持一定距離，配合他的步伐走著。古城一留步，她也會停下，還會躲到行道樹後頭。話雖如此，她似乎也沒有要過來攀談的動靜。古城顯然被跟蹤了，而且少女本人似乎以為自己沒被古城發現。

「……會是和凪沙認識的人嗎？」

古城檢討過幾種可能性以後，得到這番結論。

曉凪沙是和古城差一歲的妹妹，同時也是彩海學園國中部的學生。假如有不認識的國中生對古城感到好奇，照跡象頗有可能是與妹妹相關的人。

然而要是如此，卻又搞不懂少女不主動找他搭話的理由。在這種大熱天玩跟蹤遊戲，明明絕不會輕鬆到哪去。

不對，坦白說另外就只有一種理由，會讓古城被陌生人一路跟蹤。可是，他不太願意去

思考那種可能性。

「探探狀況好了……」

古城說著走進偶然看見的購物商圈。他的目的地，是位於商圈入口附近的電玩中心。雖然不清楚吉他盒少女跟蹤是出於什麼用意，但只要進去店裡，對方總會採取些行動。

事實上，少女顯然受到動搖。她連要隱藏自己的蹤跡也忘了，不知所措地停在店家前。

她不想把古城跟丟，話雖如此，要是走進店裡又極有可能恰好與古城碰頭，那也很困擾。少女心裡八成正如此糾葛。

不，正確來說，她看起來可能更單純只是在警戒電玩中心這種「不明底細的店」。

傍晚時分，少女獨自佇立於冷清購物商圈的身影，感覺頗為飄渺無依。古城隔著抓娃娃機觀察這幕景象，同時心裡也蒙上一層自己做了某種壞事的罪惡感。

「…………」

唉。長嘆過後，古城不得已走向通道。畢竟也不能一直躲著，他打算主動向對方攀談。

然而不巧的是，吉他盒少女似乎也打著相同主意。

當古城準備走到外面的瞬間，他和看似下定決心而走進店內的少女，兩人正好在入口碰個正著。

他們沉默地朝彼此望了一會兒。結果設法先採取反應的，是吉他盒少女。

「第……第四真祖！」

她尖聲一叫，隨即放低重心擺出架勢。

這名少女即使貼近看也很漂亮，為此古城感到格外沮喪。

她跟蹤古城的原因，從剛才那句話就相當明白了。這名國中生找的是人稱第四真祖的吸血鬼。雖然看來並不像有心向真祖索命的魔族或獎金獵人，無論如何肯定是個麻煩的對手。

用第四真祖這個名字稱呼古城的人當中，不曾有過像樣的傢伙。

該怎麼辦呢？古城默默思考一瞬後說道：

「Oh, Mi dispiace! Auguri!（註：義大利文，意為「喔！真抱歉！恭喜！」）」

接著突然用誇張的動作張開雙臂。

面對用半生不熟的外國話大叫的古城，吉他盒少女愣愣地抬頭仰望。

「啊？」

「我是路過的義大利人。日文，我不太懂。Arrivederci! Grazie!（註：義大利文，意為「再見！謝謝！」）」

快嘴快舌地亂喊後，古城打算逃離現場。他經過定住的少女身旁，走出店家。隨後——

「什……！請你站住，曉古城！」

回神過來的少女，清清楚楚地叫了古城的名字。

古城厭煩地皺著臉回頭。世界最強的吸血鬼——古城將這種不合常理的頭銜繼承到身上，是在僅僅三個月前發生的事。一心隱藏的努力換來了成果，知道這項事實的人並不多。至少目前在這座絃神市，知道曉古城是第四真祖的人，除了他本身以外應該只有一個。

「妳是什麼人？」

顯露出警戒心的古城瞪著少女。

少女正經八百地回望古城，然後用略顯早熟的生硬口氣回答：

「我是獅子王機關的劍巫。受獅子王機關三聖之令，被派來監視身為第四真祖的你。」

啊？如此應聲的古城感到疑惑。他一臉沒勁地聽完少女所說的話。對方在說什麼，他完全不懂。獅子王機關；劍巫；三聖。盡是初次耳聞的字眼。

只有事態麻煩的預感，深刻地傳達過來。

該如何應付才好？對此古城感到強烈疑惑，結果他決定當作什麼都沒聽見。

「啊～～……抱歉，妳認錯人了。去找其他人吧。」

「咦？認錯人？呃……咦？」

少女貌似困惑地目光閃爍。古城隨口胡謅的「認錯人」，她好像真的相信了。也許她的性格意外地老實。

趁機想走的古城轉了身，少女則慌忙叫住人。

「請……請你等等！其實我根本沒有認錯人，對不對？」

「呃，監視之類的我真的不需要。好啦，我趕時間。」

古城草草揮了手，快步離開現場。

揹著吉他盒的少女仍是一副心思大亂的表情，愣然杵在原地。她的身分依舊不明，問題也沒有得到根本的解決。可是，總比在補考前一天牽扯進麻煩事要好些。

古城抵達購物商圈出口時，打算再次確認少女有沒有跟上來。於是，目睹的光景讓他兩眼發直。

有兩名陌生男子站在那裡，堵住了剛才那名吉他盒少女的去路。年紀大概二十歲左右，染得華麗的長髮，外加不太搭調的公關風格黑西裝，輕佻得很容易理解的兩個人。

「——欸欸欸，那邊的小姐。怎麼啦？倒追失敗啊？」

「閒著沒事就來跟我們玩啊。反正我們剛領薪水，身上有的是錢——」

男子們的聲音順著風，斷斷續續傳來。他們似乎正在搭訕與古城分開的吉他盒少女。

少女冷漠地想將男子們趕走，但也許就因為如此，氣氛變得有些危險。看得見其中一名男子粗聲粗氣地叫罵，少女則帶著嚴厲的表情回嘴。

「……一把年紀了，別對國中生出手啦……兩位大叔。」

古城臉上浮現焦躁神色。他曾想過最好隨他們去，不過那名少女知道第四真祖的存在，還一路跟蹤他。萬一事情鬧大扯上了警察，未必不會連累到古城。

而他焦躁的原因還有一個，那就是男子們套在手腕上的金屬製手鐲，內藏活體感應器、魔力感測裝置以及發信機的魔族登錄證。戴著這東西的他們並非普通人。魔族特區的特別登錄市民，換言之，即為非人者，魔族（Freaks）。

戴了手鐲的登錄魔族，很少會加害人類。要是做出那種事，特區警備隊（Island Guard）的攻魔官將立即大舉湧上。因此，少女本身並沒有即刻的危險。

問題在於第四真祖的真實身分，有可能從她口中洩漏出去。

若是這樣，曉古城的名字大概會立刻在魔族之間傳開，然後理所當然的，當中肯定會出現想拉攏古城當伙伴的人、想研究古城的人，或是想藉由殺他來打響名聲的人。無論碰上哪種，古城平穩的生活都將告終。在發展到那個地步之前，他必須設法打圓場才行。

古城發出長吁，準備衝回吉他盒少女身邊。

隨後，對方的制服裙襬被輕輕掀起。

少自抬身價啦——其中一名男子撂下大致是這個意思的狠話，然後出手掀了少女的裙子。露出的粉彩格紋布料納入眼底，古城不自覺地愣住。於是——

「若雷——！」

挑起柳眉的少女喊出咒語，下個瞬間，對她的裙子動手的男子，身軀就像被卡車撞上般猛然彈飛。

3

古城認為那恐怕是掌勁。

但實際上發生過什麼，他也沒有精確掌握到。他明白的唯有一點——嬌小少女伸出的手，一掌就將男子打飛了。

從中並未感受到魔力流動，也沒有精靈行動過的形跡。以可能性而言，應該屬氣功或仙術一類。不論為何，這名少女肯定頗有身手。

說不定這名少女活得比外表看起來更久。古城如此想像之後，又立刻打消念頭。不對，不會有那回事，會穿那種可愛內褲的長命種族，八成不存在——不存在才對。

被打飛的男子看來是獸人種，也就是所謂狼人或其族黨。儘管不像多有能耐的個體，他們的肌力與頑強仍非人類可比擬。而他才挨中纖弱少女的一掌，撞上牆以後便動彈不得。

「這小鬼是攻魔師嗎——！」

呆住的搭訕男之一，終於回過神大吼。

所謂攻魔師，是指諸如魔法師、靈能力者等具備與魔族對抗手段者的總稱。

軍人及警察的特種部隊隊員、民間保全公司職員，或受雇於其他組織的人——這些攻魔師有各式各樣的身分，所用技術的體系亦千差萬別。不過無論如何歸類，對魔族而言，他們肯定是天敵。畢竟像殺手一樣光靠狩獵魔族為生的攻魔師，也不在少數。

當然在這座定義為魔族特區的絃神市，攻魔師們的行動同樣受到諸多限制。至少光是在路邊找女孩子講話，就絕對不可能忽然遭受他們攻擊。

可是，狀況發生得太過突然，男子心裡大概也備受動搖。

恐懼與憤怒使臉孔扭曲，更讓他身為魔族的本性表露無遺。深紅的眼睛，以及獠牙。

「D種——！」

少女表情嚴肅地低喃。所謂D種在分屬各血族的吸血鬼當中，專指奉「遺忘戰王」為真祖的分子，於歐洲特別常見。而他們也是和人們普遍印象中的吸血鬼最貼近的一支血族。

該怎麼辦？感到困惑的古城如此思索。

若是照常理來想，他應該對受到吸血鬼攻擊的少女伸出援手，但看來對方也不是普通的國中生。

就根本而言，是她先來探古城的底。最糟的狀況下，她會是古城的敵人。況且對方以攻魔師身分找上古城的可能性，也並非為零。

然而，也不能就這樣對她置之不理。

對手並非普通魔族，而是吸血鬼。無論她再怎麼優秀，要隻身硬碰硬，古城不覺得她能贏過吸血鬼。

雖說是在日落之前，吸血鬼仍具備遠勝常人的體能、對魔力的抗性及驚人的再生能力。而且，他們還擁有另一張壓倒性王牌，使得吸血鬼足以稱為魔族之王。

「——灼蹄！幹掉那個女的！」

吸血鬼男子大吼，隨後有股力量從他的左腳噴出。

樣態仿若鮮血，卻又不是血。那是搖曳宛如海市蜃樓的漆黑火焰。

緊接著，那陣黑色火焰化成形貌扭曲的馬。

尖聲的嘶鳴撼動大氣，為火焰籠罩的柏油路則被烤得焦黑。

「你竟然在這種大街上使用眷獸——！」

少女表情盛怒地大喊。

感測到攻擊性魔力，男子套在左腕的手鐲警聲大作，購物商圈裡也響起催促進場者避難的警鈴。

眷獸。沒錯，男子所召喚的怪物，是被稱作眷獸的使役魔。

吸血鬼能在自己的血中畜養魔獸作為眷屬。

這種眷獸的存在，正是攻魔師戒懼吸血鬼的理由。

吸血鬼確實是擁有強大力量的魔族。

然而就怪力、敏捷度，甚至與生俱來的特殊能力來看，優於吸血鬼的魔族可說多不勝數。儘管如此，為何只有吸血鬼被視為魔族之王而遭到畏忌——

答案就在於眷獸。

眷獸有各色各樣的形貌及能力，不過就連力量最弱的眷獸，戰鬥力也能凌駕最新銳的戰車或武裝直升機。倘若是「舊世代」所使喚的眷獸，據說還有將小村落整個消滅的本領。

屬於年輕世代的搭訕男，其眷獸自然不具此等威力。然而，光是讓這匹灼熱妖馬四處疾驅，應該已足以令這購物商圈毀壞。

如此危險的召喚獸，是對著單單一名少女解放而出。

男子身為宿主，八成也沒有在實驗場以外的地方朝活人使用過眷獸。他的表情因恐懼而抽搐，而且看似正陶醉於逆流的魔力。

自控御獲得解放的眷獸，半已陷入狂飆，身軀掃過周圍行道樹，路燈的鐵柱遭到熔解。那簡直像一團擁有意志的破壞性能源，光是讓它掠過身邊，人類的軀體大概在剎那間就會變成焦炭。

儘管如此，少女臉上卻沒有浮現恐懼之色。

「雪霞狼——！」

她從揹著的吉他盒中抽出某樣物品。

那並非樂器，而是散發冷光的銀槍。

槍柄在瞬間挪移伸長，同時原先收納起來的主刃也探出槍尖。槍尖左右更開展出副刃，恰似戰鬥機的可變式機翼，形貌好比洗鍊的近代兵器。

然而，那肯定是原始的刺擊武器。面對四處灑落烈焰的眷獸，古城不認為那對抗得了。別說對付，要是照少女嬌小的體格來看，能不能將之揮舞自如都成問題。但少女目光清湛，冷冷瞪著逼近而來的眷獸。

呼——靜靜的吐息由她唇裡流洩而出。

伸長至近兩公尺的脫俗長槍，被少女輕而易舉地駕馭在手，並用其捅穿肆虐的火焰妖馬。但暴衝的妖馬沒有停下。

吸血鬼的眷獸乃是魔力濃度超高，且足以帶著意志化作實體的聚合物。換句話說，它本身就是一股魔力。眷獸一被釋放，要讓它停下除了用更強大的魔力剋制以外，別無他法。

若要形容，少女的攻擊就好比用單單一把長槍，去對付滿溢而出的熔岩。

正因為明白這個道理，搭訕男笑了。那並非確信自己會獲勝的笑，單純是出自放心的笑。他只是在畏懼罷了，畏懼用不明底細的攻擊將自己同伴轟飛的攻魔師少女——

可是，男子這股放心的笑意，轉瞬間遭到恐懼覆蓋。

「什……！」

在銀槍貫體的態勢之下，他的眷獸停住了。

少女默默把槍一揮。被斬裂的妖馬巨軀搖晃，消滅得無影無蹤。

彷彿將蠟燭火焰吹熄那般輕易，眷獸的身影徹底消失，僅留烤焦的柏油路。

「不……不會吧！一擊就讓我的眷獸潰散？」

失去使役魔，搭訕男膽怯地退後。但少女的表情依舊嚴峻。

她用蘊含憤怒的雙眸瞪著對方，然後舉起長槍，衝向愣得無法動彈的男子。於是，就在銀槍即將貫穿男子心臟之際——

「等一下！」

長槍前端的軌道，驀地上揚偏移。

「咦！」

少女受到驚嚇似的，睜大了原本冷峻驍悍的眼。

古城就站在她面前。

看不下去的古城，在生死關頭掄拳將槍尖打偏，止住了少女的猛攻。雖然他壓根就不想介入攻魔師與吸血鬼之間的鬥毆，但也實在無法坐視別人輕取性命。旁邊那名吸血鬼，八成也不希望搭訕失敗一次就被國中生刺死。

「曉古城？居然空手將雪霞狼擋下……！」

攻魔師少女愕然地縱身退後，彷彿警戒著忽然出面的古城，拉開距離，落在停放於附近的箱型車頂上。

「喂，你啊，帶著你的同伴快逃吧。」

古城語氣急迫，朝著杵在背後的搭訕男大吼。

「如果這次學到教訓，以後就不要再找國中生搭訕啦。也別亂用眷獸！」

「我……我知道了。抱歉啦……感謝！」

男子臉色發青地點了頭，便扛著昏迷的同伴離去。少女始終以帶有攻擊性的目光，望著他們離去的背影。古城無奈地嘆道：

「妳也一樣啊……我不知道妳是什麼意思，不過下手太重了啦。已經夠了吧？」

聽到古城疲倦般的口氣，少女肩頭一顫。生悶氣的她瞪著古城，手裡依然毫不鬆懈地握緊長槍。隨後她語帶責備地說：

「你為什麼要礙事？」

古城表情越發懶散地回答：

「與其說我礙事，假如有人在眼前打架，一般都會認為該阻止吧？話說回來，妳為什麼知道我的名字？」

「……在公眾場所魔族化，而且還在街區使用眷獸，這些都明顯違反聖域條約。照理說，他即使被殺也怨不得人。」

「要說的話，先對他們動手的是妳吧？」

「哪有這種事，我——」

少女原本想冷靜地反駁，卻說到一半就沉默下來。她似乎想起了和男子們發生爭執的來龍去脈。古城說了句「看吧」，然後用強勢的臉色瞪著少女說：

「雖然我不知道妳是誰，但只是被瞄到內褲就揮著那種玩意想把人宰掉，未免也太過火了吧？就算對方是魔族——」

古城說到這裡，察覺自己失言了。手握銀槍的少女，眼神輕蔑地瞪了古城。

「難道你看見了？」

「呃，這個……」

想找藉口的古城語塞。從少女的立場來想，她應該會覺得古城這個男生不僅拋下了被人搭訕而困擾的她，還自作主張救了在市區鬧事的魔族。狀況實際上就是如此，古城本身也無從開脫。

「可是妳想嘛，那也不需要多在意啊。我對國中生穿的內褲根本沒興趣，再說花色也挺

可愛的，被人看見感覺也沒什麼好困擾的，不是嗎……？」

「…………」

望著古城心慌意亂地找起藉口，少女深深嘆了口氣，看向古城的輕蔑眼神依然沒變。在這個瞬間，簡直像算準了時機，離島特有的強風正好吹過位於沿海的購物商圈。

站在箱型車頂上的少女，裙襬毫無防備地輕輕飄了起來。

停下動作的古城不改姿勢，視線則在無意識間被吸引過去。他動不了。

令人窒息的寂靜造訪。

「你為什麼又在看？」

依舊兩手握槍擺出架勢的少女如此問道。

完全呆住的古城聽了才回過神來。

「呃，慢著，剛才那並不是我的錯吧？都是因為妳要站在那種地方——」

「……你不用解釋了。」

少女冷冷地低頭看著慌張的古城，心寒地說。

她一解除架勢，開展的鋒刃也跟著收攏，長槍再次恢復為低音吉他般的大小。少女將它裝回背後的盒子裡以後，不出聲音地翩然著地。

「啊，等等……」

面對無言準備離去的少女，古城不知為何叫住對方。結果——

「下流。」

少女瞥向古城，留下這句話以後就背對他走開。

「…………」

孤零零被留下的古城，雙手插在連帽衣口袋裡，就近靠在牆上嘆了氣。

儘管他覺得自己單方面被對方遷怒，卻不可思議地沒有對少女感到惱火。這大概是因為少女離去前羞紅了臉的關係。

就算故作冷靜，終究還是國中生吧——古城心想。

感測到眷獸的魔力，特區警備隊也會立刻趕來這裡才對。他們是為了維護島上治安而武裝過的攻魔官。雖說古城本身於心無愧，要是在這種地方久待而受到牽連就麻煩了。

真累人。古城如此嘆道，準備再度踏上歸途卻發現——

「嗯……？」

路上掉了一樣東西，他蹙起眉頭。

那是一個白底紅邊、款式簡單的錢包。

設計屬於雙摺式，裡面分成裝零錢和裝鈔票的空間。裝鈔票的部分有幾張千圓鈔，以及一張萬圓鈔。這對古城來說是值得豔羡的金額，不過倒也不算令人頭昏眼花的大數目。

收在卡套裡的，是一張信用卡和學生證。
學生證上印了少女笑得生硬的大頭照，以及——姬柊雪菜這個名字。

4

太陽西落，夜晚過去。而後迎接早晨。
彷彿從過去傳來的遙遠鐘聲持續響起。
第四真祖作著夢。
從崩塌的天花板窺見的月亮是紅色的，那輪紅月照亮的天空亦同。圍繞古老城堡的大地，同樣被火焰照得通紅。背對那片赤紅的天空，站著一道小小的身影。
擁有火焰翻騰般的虹色髮絲，以及焰光之瞳的身影，就在那裡。
是你贏了——身影如此宣告，唇裡露出的是被血濡濕的皓齒。
來完成約定吧——身影如此宣告。我將完成你的願望——她說。
下次換你了——身影如此宣告，眼裡濡濕。閃耀紅光的眼睛為淚所濡濕。
那是反覆作過好幾次的惡夢。

曉古城作著夢。

他依舊保持淺眠，過了一夜。而後早晨來到——

鐘聲在耳邊持續響起。

古意盎然的類比式鬧鐘的聲音。

曉古城發出苦悶嘆息，東摸西找地讓鬧鐘安靜下來。

接著他翻身在被窩裡蠢動，打算回到安眠中。就在此時——

「古城哥，起來啦。天亮了喔。鬧鐘都已經響了，而且你今天也有補考吧？早飯我做好了，快點去吃，不然我也不能洗碗收拾。我還要曬棉被，你快點讓開。」

聽對方連珠炮似的講完大串話以後，古城就被搶走床單，然後一籌莫展地從狹窄的床上滾落。尚未對焦的眼睛往上一看，看見的是妹妹熟悉的身影。

表情豐富的少女，大大的眼睛令人印象深刻。

用髮夾固定束起的長頭髮，乍看之下會覺得像短髮。

儘管五官和體形給人的印象還有些年幼，從國中生的平均發育來看，應該也沒有差太多。今天早上她是穿短褲配無袖背心的家居打扮，外面加了一件橘色圍裙。

凪沙望著跌下床以後就不動的哥哥，受不了似的將手抵著腰。

「好了啦~~快起床。還睡不夠嗎？難道你為了準備考試又念書念到清晨了？不可以給南宮老師添太多麻煩喔，還有補修時也不要翹課。像之前那樣，看到古城哥的名字被貼在教職員室的布告欄上，人家會覺得很不好意思耶。哎唷，真是的，我明明平時就一直強調，制服長褲脫掉以後要用衣架掛好嘛。」

聽著妹妹毫不間斷的嘮叨，古城懶洋洋地起身。

也許單純因為是自家人的關係，他才會這麼認為，但凪沙是個非常懂事的妹妹，長相也還算可愛，成績又不錯，而且每項家事都做得服服貼貼。

不過，她當然也有缺點。其中一項是幾近病態的愛乾淨兼打掃狂，還有一項就是多話。

總之凪沙非常愛說話，雖然她並不是對誰都這樣，至少在彼此敞開胸懷的家人面前，就完全不會保留，要吵嘴更沒人覺得可以吵贏她。

唯一值得慶幸的是凪沙的個性表裡如一，而且她很少說別人壞話，但相對的，惹她生氣時就會非常恐怖。國中時期，帶著色情片來家裡玩卻不小心被抓到的矢瀨，就曾經被發飆的凪沙狠狠數落，甚至因此得了短暫的女性恐懼症。

當古城一邊回想那些一邊茫茫然望著窗外時——

「——欸，古城哥，你有沒有在聽？」

他就被凪沙快嘴快舌地罵了。古城連忙端正姿勢。

「啊，抱歉。妳剛剛說什麼？」

「真是的……！我是說，有轉學生啦。」

也許是因為哥哥沒有聽自己講話而生氣，凪沙噘起嘴。

「……轉學生？」

「嗯。暑假放完以後會有轉學生來我們班，是女生。昨天我去學校參加社團活動時，請老師幫我介紹過了。聽說她是去辦轉學前的手續。那個女生非常可愛喔，之後我想風聲絕對也會傳到高中部。」

「哦……」

古城不以為意地隨耳聽聽。就算再可愛，對方是國中生，何況還是妹妹的同班同學，完全在古城感興趣的範圍之外。不過——

「然後啊，古城哥。你有沒有對那個轉學生做過什麼？」

「啥？妳怎麼會這麼問？」

對於凪沙唐突的質疑，古城摸不著頭緒。

他究竟能對還沒轉來的轉學生做出什麼？然而凪沙卻顯得不太開心似的，擺著認真的表情回望哥哥問道：

「因為，那個女生有問我耶。當我介紹完自己以後，她就問我有沒有哥哥，還問古城哥是什麼樣的人。」

「……為什麼？」

「我才想問呢。我以為她和古城哥在哪裡見過面耶。」

「呃，我想我並沒有認識年紀比自己小的朋友……」

古城抱臂沉思，茫然間有股不好的預感。

「那妳是怎麼回答的？」

「我還是仔細跟她說明了一遍啊，有的沒的都講。」

「什麼？」

「騙你的啦。我只有講真話而已。例如我們來這座島以前住過什麼樣的城市、你在學校的成績、喜歡吃什麼東西、喜歡哪些寫真女星，還有矢瀨和淺蔥他們的事，另外好像也講了你國中時轟轟烈烈失戀的事情……」

古城瞪著回答得滔滔不絕的凪沙，心煩地咬牙切齒。

「我說妳啊……為什麼要大嘴巴和初次見面的人聊這些？」

「呃，誰叫那個女生很可愛嘛。」

凪沙說得毫不心虛。古城有料到她會這麼回答。她平時就老是話匣子闔不起來，愛找人閒聊，要她保密比登天還難。然而她同時又有一種麻煩的個性——真正想說的事情，她絕對不會說出口。

「有女生對古城哥感興趣，這是很稀奇的事耶。所以我才希望多少幫點忙。」

「騙誰啊……單純是妳想爆料而已吧。」

古城自暴自棄地嘆了氣。因為睡眠不足而運作遲緩的腦袋裡，這時忽然浮現出一個不祥的念頭。再怎麼曲解，他和對方的關係也算不上認識，但是就有這麼一個人讓古城心裡有數。一個有可能會想調查他的國中生。

「等一下，那個轉學生叫什麼名字？」

「嗯，她的姓氏很奇特。唔……對了，感覺像冬天的公主。」

「冬天的公主？妳想說的該不會是姬柊吧？」

不祥的預感越來越強，使得古城苦著臉反問。凪沙則是眉開眼笑地回答：

「啊，就是那個姓！她叫姬柊雪菜。」

「……照妳說的……她會轉學到你們班？」

「對呀。所以你果然和她認識囉？欸欸欸，你們在哪認識的？跟人家解釋清楚嘛。欸，古城哥！」

凪沙似乎一直大呼小叫著什麼，但古城聽不進耳裡。

古城在想的，只有之前那個苦苦糾纏他，後來還將吸血鬼的眷獸一招解決的長槍少女。

轉學過來的她，似乎和古城的妹妹讀同一個班級。到底怎麼回事？她為何而來？苦惱的古城全身盜汗，濕了一大片。

不知不覺，他已睡意全無。

5

南宮那月是彩海學園的英文老師。

儘管她自稱二十六歲，實際看起來卻非常年輕。要說她是美女，還不如稱為美少女，甚至用幼女這個詞形容會更貼切。

臉孔和體形都相當嬌小，而且宛如人偶。

此外，據說她繼承了某戶望族的血統，有時顯得格外有威嚴及領導能力。也許就因為如此，作為教師她頗具才幹，在學生之間的風評也不差。

除了一個問題。

「呃……妳不熱嗎？那月美眉？」

溽暑中，把制服穿得邋邋遢遢的古城問道。舉辦補考的教室裡，學生就他一人。諸如冷氣等出於人性的發明品，當然沒得用。

正午的陽光照耀而下，從窗口不停有熱風吹進的環境有如地獄，古城被怎麼看年紀都比他小的班導師監督，正在翻譯「後期原始人的神話型態研究」此等詭異的英文。與其說是補考，用懲罰或極刑來稱呼更合適。

「叫老師時不要加『美眉』，我有說過吧？」

講台中央，那月靠在不知擅自從哪搬來的天鵝絨豪華椅子上，一邊喝著剛泡好的熱紅茶一邊故作姿態回答。

她穿著交叉繫繩的黑洋裝。領子與袖口上能瞧見荷葉邊，腰際則有綁帶的束腰妝點。形容成哥德蘿莉服嫌高貴了點，但外觀上的悶熱程度相去無幾。然而那月卻優雅地用黑色蕾絲扇搧著自己。

「和夏天的有明比起來，這點程度的熱根本算不上什麼。」

「呃……可是看的人會覺得熱耶。」

真讓人搞不懂。古城托著腮心想。

這就是犀利教師——南宮那月僅有的嚴重缺點。她的穿衣品味，獨獨缺了依時間場合挑服裝的概念。在這座熱帶人工島，光是她那身悶熱的禮服就足以對視覺造成霸凌。雖然倒不

至於不好看。

「那妳究竟在喝什麼？就只會獨享。」

「嗯。我用錫蘭的康堤茶葉當主味，試著添了點藥草增加香氣。適量的白蘭地將紅茶的芳醇烘托出來了呢。」

「在補修的學生面前弄得都是酒味，總覺得不太對勁……我是不是可以回去了？」

「不喝酒，誰受得了在暑假跑來監考？我要打分數了，你稍等。」

散發著洋酒氣味的那月伸了手，將古城勉強寫完的補考考卷捏在指頭上。改考卷的速度快得荒謬。她用紅筆在答錯的地方劃下幾個大叉後開口：

「嗯，哎，應該可以了。剩下的考試也要記得準備喔。」

「知道啦～～」

古城散漫地應了聲，然後開始收拾桌上的東西。端起茶杯往嘴裡倒的那月，原本是默默地望著他整理，不過——

「對了，曉。聽說昨天在西嶼的購物商圈，有個白痴吸血鬼把眷獸放了出來。你知不知道些什麼？」

「咦？」

班導師唐突的問題，讓古城不禁停下動作。

西區的購物商圈；眷獸；吸血鬼。他對太多部分心裡有底。可是，他不能將那件事情告訴那月。畢竟昨天的騷動，和姬柊雪菜有關係。

假如雪菜被當作證人到案說明，古城也會很困擾。因為在這座絃神市裡，名叫第四真祖的吸血鬼被視為不存在。換句話說，古城是未登錄魔族，要是在特區警備隊面前洩了底，事情會非常麻煩。

古城搖搖頭，動作好比生鏽齒輪般僵硬。那月「呼」的一聲嘆氣，然後又說：

「是嗎？那就沒事了。我還擔心是哪個攻魔師知道你的真面目，一路跟蹤，結果卻碰上野吸血鬼起了糾紛。」

那月說著這些，口氣簡直像親眼看了一遍過程。對她過於準確的推理，古城露出僵硬的笑容說：

「哈……哈哈，哪會有這種事……」

「也對，那好吧。你要是發覺了什麼就告訴我。」

那月說完，罷休得意外乾脆。古城安心地呼了口氣。儘管擺架子的口吻不容易感覺出心意，但她說擔心古城，應該所言非假。

英文老師南宮那月的另一個頭銜，是攻魔師。

在魔族特區的教育機關裡，為了保護學生，條例上訂有規範，具國家攻魔官資格的教

職員需占一定比例，而那月也是其中一人。而且，她是具實戰經驗者。身為現役的職業攻魔師，她還兼任特區警備隊的指導教官。

此外，那月更是少數知道古城是第四真祖的人。變成世界最強吸血鬼以後，體質不合常理的古城可以和普通人一樣上學，也要多虧那月暗中協助。

所以古城在那月面前，無論如何都抬不起頭。由於這層緣故，他不時也會被找去幫那月做一些屬於個人性質的「差事」，但他只得接受自己命該如此。

「啊，說到這個，我有點事想問。」

古城忽然想起有話要問，抬起了臉。那月則用嫌煩似的目光回望他。

「怎樣？」

「妳聽過……獅子王機關嗎？」

古城的問題使得那月沉默，並且露骨地擺出不高興的表情起身。

「你為什麼會知道這個名字？」

「沒有啦，與其說知不知道，其實我只是偶然耳聞而已。」

「哦？這樣啊。那我真想聽你把事情交代清楚。你就是用這隻耳朵耳聞的？」

那月說著毫不留情地擰了他的耳朵。痛痛痛——如此叫出聲的古城問：

「……妳該不會是在生什麼氣吧？」

「我只是聽到討厭的名字，覺得有點火罷了。因為那些人是我們的生意對手。」

那月大嘆一聲，將古城放開了。古城按著被拉長的耳垂再問：

「生意對手……是指國家攻魔官的嗎？」

「順便告訴你，那些人是你的天敵。」

那月俯視古城，冷冷地警告。

「哪怕對手是真祖，他們也會全力追殺，因為他們就是為此被製造出來的。你最好不要去接近和獅子王機關有關的人。」

「……製造？」

古城表情納悶地反問。然而，那月咂嘴，態度就像說溜了什麼。她沒有再多透露。

別接近獅子王機關。這似乎就是那月的回答。

「啊，對了。那月美眉，國中部的教職員室今天有開嗎？」

古城叫住準備離開教室的那月，再度發問。那月貌似不解地蹙著眉。

「曉，你找國中部有什麼事？」

「沒什麼啦，嗯。我有點事想拜託我妹的班導師，笹崎老師。」

「有事拜託岬？」

那月反感似的皺起臉。說來她和國中部的老師笹崎岬是畢業自同一所大學，不知道為什麼她們兩個的感情卻差得嚇人。一如古城所想，那月露骨地擺出帶刺的臉色說：

「我哪想管國中部那些人？你自己過去確認吧。」

「……我會自己跑一趟。」

古城決定乖乖照那月的話做。不識相地把這個話題拖長會很糟糕——他本能如此判斷。可是光靠這樣，鬧彆扭的那月自然不會恢復心情。

「還有啊，古城。」

「是？」

那月拿起黑色蕾絲扇一揮。不知道她施展的是何種術法，剎那間，換成普通人就會被打凹頭蓋骨的力道，重重叩在古城的額頭上。古城直接人仰馬翻。

「為什麼你叫那傢伙笹崎『老師』，對我就叫那月『美眉』？別這樣叫我！」

裙襬輕飄飄地轉了半圈，如此撂完話的那月便離開了。

「可惡……反對體罰啦……」

古城仰望天花板，扶著額頭無力地低喃。

6

彩海學園是男女合校制的國高中六年一貫學校，學生人數共計約達一千兩百人。就都市的性質而言，在年輕人口眾多的絃神市裡，這種規模的學校算是常見。

但絃神島終究是人工建築，慢性的土地缺乏乃宿命使然，學校校地也就很難稱得上寬敞。體育館、游泳池及學生餐廳等多項設施，都需要國中部及高中部共用，因此在高中部的校區內看見國中部學生的機會意外地多。

另一方面，高中部學生很少會造訪國中部，因為沒那種必要。

也多虧如此，古城恍然站在久久才造訪一次的國中部教職員室，同時體會好像莫名懷念又好像待不習慣的感覺。

古城手裡握著的，是昨天在購物商圈撿到的白色錢包。

姬柊雪菜掉的東西。

假如凪沙所說的內容屬實，那個用長槍的少女，似乎將會轉學到彩海學園的國中部。放在錢包裡的學生證，也能替凪沙的話佐證。

既然如此，與其將東西送交警察，還不如由班導師轉手還給姬柊雪菜來得快。古城這麼盤算著，特地來到國中部，可是——

「不好意思，曉。今天笹崎老師好像沒來。」

聽認識的老教師一說，古城的計畫立刻觸礁。

「啊，這樣喔……」

「有什麼東西要交給她嗎？還是讓我先保管？」

「對啊，唔……雖然沒錯啦，今天我還是回去好了，下次再找機會過來。因為這個東西有點麻煩。」

古城向老教師道了謝，然後就離開教職員室。離暑假結束還有兩天，所以笹崎岬似乎還在享受所剩無幾的假期。

事情變麻煩了。古城心想。

可以的話，他想趕快把這個錢包還給失主，不然難保不會受那個暴躁的國中生冤枉，忽然就被她用長槍刺死。別接近獅子王機關——那月交代的這句話也令古城掛懷。但要把裝著現金的錢包交給班導師以外的老師歸還，感覺實在不太負責任，所以他無意拜託對方。

古城靠著穿廊的樑柱，心不在焉地望向校庭。

由於是盛夏早上，進行社團活動的學生並不多。即使如此，操場上仍可零星看見體育社團成員自我訓練的身影。

校舍背光的死角有啦啦隊員在練舞；網球場似乎有社員間的練習賽。望著女社員們輕盈翻飛的迷你褲裙，古城忍不住想起昨天的姬柊雪菜。

打垮魔族男性時，全然不將其放在眼裡的異常戰鬥力，以及將吸血鬼眷獸瞬間消滅的銀槍，還有滿臉通紅按著裙子的模樣、粉彩色調的內褲。那般震撼的光景，畢竟沒那麼容易就能淡忘。雖然也有令人摸不透的部分，實際上她倒是個漂亮的女生。

而且腿也很美——古城無心間想到這些，低聲咂嘴。

輕微目眩發作的同時，他強烈感到口乾舌燥。這是相當不好的徵兆。

「假如錢包裡有個聯絡的方法……」

為了轉換思考，古城連忙將目光從校庭移開，然後試著打開撿來的錢包端詳。儘管看起來並不像高級品，不過看得出是個很被珍惜的漂亮錢包。

有一股淡淡的香氣。

錢包本身是隨處可見的現成品，代表這股香氣應該是失主留下的餘香。那並非香水般的強烈氣味，而是怡人的清香。一言以蔽之，大概就是女孩子的香味吧——

無意識想到這些的瞬間，這回異常的饑渴感確實湧上古城全身。

「唔……」

糟糕。如此心想的古城捂住嘴。

他臉色發青當場跪下，肩膀微幅顫抖著。偏偏選在這種時候——嘴唇扭曲的古城這麼暗自抱怨，唇縫間露出尖銳的犬齒。

從旁人看來，古城應該像是因為想吐而忍耐。

然而他的身體並沒有不適。折磨他的，單純是一種生理現象，只不過那是吸血鬼特有而可憎的麻煩症狀。也就是，吸血衝動。

——不妙不妙不妙不妙……！

想吸人血的慾望強烈難擋，支配古城的肉體，甚至令他陷入視野染成通紅的錯覺。

社會至今對他們仍有許多誤解，但是被人們稱為吸血鬼的種族，並不是為了充飢而去吸他人的血。若只是單純的餓或渴，光靠飲食彌補已經足夠。

魔力確實可以透過吸血來補充，也有用血液做為觸媒的魔法。但那些終究只算副產物。

導致吸血鬼產生吸血衝動的原因，主要是出於性方面的亢奮。換句話說就是性慾。

強烈的焦躁；痛苦得宛如刀割的窒息感；想著某個人而坐立不安的感覺。這種折磨會毫無前兆地突然湧上心頭。

過去曾有許多吸血鬼為了逃離這種無法靠自己控制的苦痛，有時他們見到誰就傷誰，有時則對所愛之人下手。

但相反的，也可以說那終究只是性方面的亢奮。

「可惡……饒了我吧。」

古城感覺到鼻子深處隱隱作痛，發出呻吟。金屬味的血在口中擴散開來。

吸血衝動不會持續太久，驚嚇或恐懼一類微不足道的契機，就能使其輕易消失。等到感覺一消退，連自己都想不透之前怎麼會痛苦成那樣。

照古城的狀況，構成契機的則是鼻血。

簡單來說，既然只是渴望血的味道，就算嚐自己的血也可以。

一興奮就會流鼻血——也許是因為偶然有這樣的體質，每當吸血衝動湧上心頭，古城總是能靠此恢復神智。

他一邊擦著源源流出的鼻血，一邊煩悶地嘆息。

不給別人添麻煩就能了事當然很好，但這種體質的問題在於，外表看起來矬得可以。現在的古城看來分明是個聞了女生的錢包就突然噴鼻血的男生，幾乎只是個變態。

更不巧的是，聽得見有人走過來的動靜。

在扭曲的視野一隅，出現了穿著制服的女學生身影。古城心慌加劇。

國中部的這條走廊上根本沒地方躲，而鼻血仍然流不停。

走近的女學生在跪下的古城身後停住腳步，然後靜靜地嘆了口氣。

「聞了女生的錢包居然會感到興奮，你這個人果然很危險。」

耳熟的嗓音如此說道。

「……咦？」

意想不到的嗓音，讓古城訝異地回頭。

站在他背後的，是個揹著吉他盒、身穿制服的少女。臉孔略顯早熟的國中女生，正用輕蔑般的眼神俯視古城。

「姬柊……雪菜？」

古城呆愣地叫了對方的名字。他以為那是吸血衝動造成的錯覺，但雪菜依然表情不改，還用冷冷的語氣反問：

「對。你有什麼事？」

古城的表情漸漸放鬆。

一回神，他的吸血衝動已經徹底消退。也許是太驚訝的關係，鼻血也早就止住。確認過伸長的犬齒縮回原本長度以後，古城擱下之前遮住嘴巴的手。

「妳怎麼會在這裡？」

「我倒覺得那是我要講的台詞，曉學長。這裡是國中部的校舍對吧？」

「唔……」

被年紀比自己小的少女冷靜指正，古城什麼話也回不了。

唉——雪菜傻眼般發出嘆息，然後指向古城手裡握著的東西。

「那個，是我的錢包對不對？」

「啊，對啊。沒錯，我過來就是要還這個，不過教職員室的人說笹崎老師今天請假。」

古城感激地收下雪菜遞來的面紙，一邊擦著鼻血一邊點頭。雪菜沉默了片刻，彷彿在判斷古城的解釋是真是假，之後又問：

「所以你就聞了錢包的味道，還興奮得流鼻血？」

「我又沒有對錢包的香味感到興奮。只不過，我回想起妳昨天那件事——」

對於古城說的話，雪菜疑惑地發出「咦」的一聲。瞬間，她宛如人偶般定住了。

「……唔？」

隨後，她無意識地按住制服裙襬往後退，並且緊咬下唇，眼看就要變得面紅耳赤。

雪菜大概是想起了昨天遇到古城時發生的事。她想起自己所引起的風波，八成曾讓古城產生性方面的亢奮。

「請……請你忘記昨天的事。」

雪菜努力裝出冷靜的口氣。

「呃，就算叫我忘掉……」

「請你忘記。」

「…………」

古城被雪菜瞪著，默默聳了聳肩。這時候要是太激怒對方，不就又會像昨天一樣，讓她拔出那把長槍大鬧特鬧嗎？古城如此顧忌。

「還有，請把錢包還給我。你是這麼打算才過來的吧？」

雪菜語氣平靜提出正當的要求。然而，古城並沒有回覆那項要求。他起身將錢包高高舉起，刻意讓雪菜的手搆不到。

「還妳以前，我有事想問。妳到底是什麼人？為什麼要調查我？」

「……我明白了。你的意思是要我傾全力把錢包搶回來對不對？」

雪菜說完用長長的眼睛瞪了古城。她將手伸向身上揹著的吉他盒，架勢彷若要將手伸向刀柄。

還是走到這一步了嗎？半放棄的古城這麼想，並跟著將重心放低。他運用籃球防守的訣竅，預備應付任何攻擊。雪菜眼裡則浮現警戒的神色。

咕嚕嚕嚕……就在隨後，這般低沉的聲音響遍走廊。

古城一語不發地皺了眉。

手放在吉他盒上的雪菜停下動作，臉逐漸羞紅。

古城察覺到這陣低鳴聲出自何處，露出尷尬的表情。那是雪菜肚子叫的聲音。

「呃，姬柊……難道說，妳肚子餓了？」

古城朝依然僵住的雪菜問道。

雪菜沉默。這就是回答。

「妳該不會從昨晚就什麼也沒吃吧？啊，是因為錢包弄丟了？話說姬柊，妳其實獨居在外嗎？」

「是……是又怎麼樣？」

雪菜想要冷靜回答，講話的音調卻還是提高了。

古城隱約感覺到，看來雪菜是和家人分開，獨自到紘神市來居住。才剛轉學的她並沒有朋友，又掉了錢包導致手頭沒現金。因此，應該從昨晚就什麼也沒吃。

表情有些困擾的古城搔了搔頭，悄悄將錢包交到雪菜面前。

做……做什麼？嘴裡這麼問的雪菜動搖，表情卻沒有鬆懈戒心。

「請我吃個午飯。撿到錢包的人，應該有權要求這麼點謝禮吧？」

古城用缺乏緊張感的語氣說道。

雪菜連眨了幾次眼睛以後，貌似不解其中真意地看著古城。

她的肚子，再次像強調空腹的小狗般發出低鳴。

7

姬柊雪菜點的是復刻版經典照燒漢堡、洋蔥圈和葡萄柚汁的套餐。從彩海學園徒步五分鐘，這裡是位於絃神島南區的大型漢堡連鎖店。

挺直背脊坐到椅子上的雪菜，規矩地用雙手捧著照燒漢堡，然後一臉幸福地張口咬下。

當古城茫然望著她這副模樣時——

「你在看什麼？」

雪菜察覺到古城的視線，納悶地問。

「呃，嗯……我是在想，原來妳也會像常人一樣吃漢堡。」

「這話是什麼意思？」

雪菜不悅地蹙起柳眉。

而古城啜飲著滿是冰塊的無味冰咖啡回答：

「呃，也沒什麼，因為妳給我的印象和這種店不太搭調。以形象來說，感覺妳還會問『刀叉在哪裡？』之類的……」

「我聽不太懂，但你該不會把我當傻瓜吧？」

雪菜看似有些受傷地嘆了氣。

「高神之杜所在的城市確實不算都會區，不過漢堡這點東西還是有賣喔。」

「……高神之杜？是指妳之前念的學校嗎？」

「是的。那裡表面上是一間信仰神道的女校。」

雪菜的說明異常兜圈子，古城疑惑地抬起頭。

「妳會說『表面上』，意思是背地裡還有玄機？」

「……那裡是獅子王機關的培育所。你知道獅子王機關的事吧？」

「不，我不知道。」

看古城搖搖頭，雪菜眨了眨眼睛。

「為什麼你會不知道？」

「就算妳說得好像知道才理所當然……那個名稱，我可是第一次聽到。」

古城神情嚴肅地說。雪菜輕聲發出「咦」的一聲，又說：

「獅子王機關，是設立在國家公安委員會的特務機關。」

「特務機關？所以是公務員囉？」

以公家機構來說，這種組織名稱還真聳動——古城心想，也許那名字別具意義就是了。

「是的。那是為了阻止大規模魔導災害及恐怖攻擊，進行情報收集和諜報工作的機關。要追溯的話，則是源自平安時代保護宮中不受怨靈妖異侵擾的瀧口武者，因此是比現在的日本政府更古老的組織。」

「源自什麼我是不太懂……簡單說就像公安警察那樣嗎？」

古城說著，暫且釋懷了。

就如同警察當中，會有專門處理集團犯罪或對付恐怖分子的公安；有別於普通攻魔師，就算另有一個應對魔導災害及魔導恐怖攻擊的政府機關也不奇怪。既然這樣，之前那月將獅子王機關稱作生意對手，也與這番話吻合。

會採用特務機關這種隱諱的組織形式，則是因為要對付魔族吧。靈能者及魔法師之類的攻魔技能者裡面，有許多人排斥直接牽連上政治。

「所以說，妳會從培育所過來，表示妳也是獅子王機關的相關人員。」

「是的。」

雪菜含蓄地點頭，然後又老實補了一句：「雖然我只是試聘人員。」

原來如此——古城再度釋懷。畢竟她還是國中生。

話雖這麼說，照剛才的解釋，他差不多也知道雪菜拿的那把奇特長槍的來頭了。那八成就是哪門子的獅子王機關研發出來，對付魔族的特殊兵器吧。

「這樣的話，妳為什麼要跟蹤我？妳說的那個特務機關，做的是對付魔導災害或恐怖攻擊的工作吧？和我不是無關嗎？」

古城的口氣不以為意。雪菜則稍稍睜圓了眼睛。

「咦？」

「妳有跟蹤我吧？昨天。」

「難道你發現了……？」

「咦？怪了，原來妳以為那樣沒有被發現？」

古城反而對驚訝的雪菜感到驚訝。「唔──」雪菜無力地低吟，然後又問：

「話是這麼說沒錯……請問……曉學長，難不成你不知道嗎？」

「不知道什麼？」

被雪菜稱為學長，古城總覺得不習慣。

「學長你本身是被當成和戰爭或恐怖攻擊一樣的存在喔。」

「啊？」

「支配夜之帝國的那些真祖，本身就等同於一國的軍隊。當然，第四真祖也會受到相同的對待。因此學長要是在日本國內引發問題，並不會被當成犯罪，而是視為侵略行為。所以警察廳的攻魔局才沒有出面，只由獅子王機關採取行動。我是這麼想的就是了。」

雪菜用彷彿替古城著想的口氣說明。

「把我當軍隊一樣……搞什麼啊……？到底是誰這麼決定的……？」

古城實在掩飾不了心中的動搖。被當成和戰爭或恐怖攻擊一樣，表示光有他存在，就已經是國家級的緊急事態了。古城原本已經因為吸血鬼的麻煩體質而吃足苦頭，這會兒別說不把他當成人類，國家甚至不把他當生物來看。

「學長，你真的不知道啊……」

雪菜受不了地發出嘆息。她露出的垂憐表情，格外觸怒古城的神經。

為了讓心靜下來，彷彿想藉食物消氣的古城，開始將薯條往自己嘴裡猛塞，同時還說：

「其他的真祖就算了，我可不記得自己有被那樣對待。我什麼都沒做，也沒在哪裡擁有自己的帝國。」

「是啊。」

雪菜靜靜點頭，帶著冷漠具攻擊性的目光問古城：

「我也想問這一點。學長，你打算在這裡做什麼？」

「妳說的『做什麼』，意思是……？」

「昨天我見過學長的妹妹，也問過她了。」

「嗯……似乎是這樣。」

古城聽了忍不住皺起臉。事到如今，他才想起凪沙已經把自己過去丟人的祕密，全部向雪菜招了出來。

然而，雪菜的表情卻始終嚴肅。

「學長對妹妹也隱瞞自己是吸血鬼這件事，對不對？」

「哎，是沒錯啦……」

「你會潛伏在魔族特區，連真面目也要瞞著家人，就是有某種目的不是嗎？比如說，暗地裡支配絃神島，將登錄魔族全配屬到自己的陣營下。或者你是為了自己的快樂，有意虐殺他們……太恐怖了！」

雪菜用某種像在鑽牛角尖，或是陷入妄想般的口氣低聲說著。古城則是嘀咕一句：「為什麼會變成妳說的那樣？」接著又問：

「呃，總之先停一下。姬柊，妳有沒有誤會什麼？」

「誤會？」

「說什麼潛不潛伏，我從變成吸血鬼以前就住在這座城市耶。」

「……你說……變成吸血鬼以前？」

「對啊，隨妳要查紀錄或什麼都好。我變成這種體質是在今年春天，而且搬來這座島是在國中時，所以已經是快四年前的事了。」

古城語氣苦悶地解釋。

是的，曉古城並非先天的吸血鬼。三個多月前，古城還是和魔族無關的普通人，但是今年春天捲入某個事件後，他的命運就改變了。當時他遇上自稱第四真祖的人，並奪走了對方的能力及性命。

但是，雪菜一副無法相信的樣子搖搖頭。

「不可能有這種事。第四真祖原本才不會是人類。」

「咦？可是就算妳這麼說，實際上就是這樣嘛。」

「普通的人類，根本不可能中途變成吸血鬼。哪怕是被吸血鬼吸了血而受到感染，也只會成為『血之隨從』——擬似吸血鬼而已。」

「嗯，好像是這樣。」

「既然如此，你為什麼要說那種一戳就破的謊？」

「我又沒有說謊。」

古城疲倦地嘆了氣。他不擅長說服這種正經八百的人。

雪菜則用家教碰上教不會的學生那樣的口氣強調：

「學長，我告訴你。所謂真祖，是指被已歿眾神下了不死的詛咒，最為古老悠久的始源吸血鬼。」

「這些我倒還知道……」

「普通人要成為真祖，只能透過失落眾神的祕咒，使自己成為不死者。學長你想說你辦得到這種事？」

「呃，哪有。我總不可能跟神認識。」

「既然如此，你是怎麼變成吸血鬼的？想成為真祖，剩下的手段就只有——」

說到這裡，雪菜像是發現了什麼似的忽然閉嘴。她的臉色微微發青。除了蒙受眾神詛咒以外，人類要成為真祖就只有一種方式。她想起了那種方式。

融合捕食。換句話說就是吃下真祖——

「學長……難道你想說……你是吃了真祖，才將那股能力納入自己身體的……？可是，怎麼會有這種事……」

雪菜臉上失去了先前的柔和神色，取而代之的是畏懼之情。

即使無法讓自己成為真祖，唯有一種方式能取得真祖的力量，那就是吃下真祖，將其能力與詛咒納入己身。

可是，魔力遜色者自然無從將力量接近於神的真祖納入體內，一個失手，反而會被真祖吸收掉自己的存在而徹底消滅。

更何況，普通人類根本不可能吃下吸血鬼。

但在現實中，曉古城卻說自己獲得了第四真祖的力量。

「吃掉真祖……欸，拜託妳不要把我講得像吃了鬼東西的怪胎。」

慵懶托腮的古城喝了一口冰咖啡。雪菜依然一臉嚴峻地說：

「既然這樣，你說還有什麼辦法可以讓你獲得真祖的力量？」

「很抱歉，但是詳細狀況我也沒辦法說明。因為我只是被那個笨蛋轉嫁了這種麻煩的體質而已。」

「轉嫁……？」

雪菜訝異地眨眼。

「學長，你並不是出於自己的意志成為吸血鬼的囉？」

「誰會自願當這種東西啊。」

古城自暴自棄地回答。雪菜用疑惑的眼神瞪著古城。

「你說的那個笨蛋是誰？」

「第四真祖啦，上一代的。」

「上一代的第四真祖……？」

雪菜愕然屏住氣息。

「難道你是說正牌的『焰光夜伯』？所以學長你繼承了那一位的能力？為什麼第四真祖

會選學長當繼承者？話說回來，你又怎麼會遇到『焰光夜伯』？」

「呃，這個……」

才剛開口，古城的臉忽然扭曲得彷彿強烈的痛楚襲上心頭。

喝到一半的咖啡杯被打翻，冰塊融化後被稀釋的咖啡潑了出來。

古城顧不著這些，將臉趴到桌面，雙手扶住頭。緊咬的唇裡發出類似苦痛的吐息，喪失的那段記憶有如詛咒折磨著古城全身。

「學……學長？」

面對古城這種完全在意料外的反應，雪菜心慌地呼喚。

「抱歉，姬柊……」

但古城無法抬起臉。宛如被看不見的木樁貫穿身體，他捧著劇痛的心臟，只能痛苦地呼氣。腦中浮現的是一名少女的身影。就連長相也想不起來的她，在火焰中笑著。

「放過我吧，現在先別談那些。」

古城語氣虛弱地說。雪菜微微歪著頭。

「咦？」

「我身上沒有那一天的記憶，勉強去想的話就會變成這樣。」

「是這樣……嗎？我明白了……那就不能強人所難。」

雪菜看古城總算抬起臉，盈現安心般的神情。沒有記憶。對於古城這番話，她似乎毫不懷疑地相信了。基本上她的個性應該滿老實的。

雪菜過於乾脆的反應，倒讓古城覺得沒了勁。

「妳願意相信？」

「是的。因為學長有沒有說謊，這點事我大致分得出來。」

雪菜說得像是理所當然。古城露出複雜的表情。難不成他是被人兜了個圈子，指出自己很單純？

站起來的雪菜，用紙巾擦著潑到桌上的咖啡。

然後掏出手帕，蹲在古城身邊說：

「請轉過來，我幫你擦長褲。」

「啊，哎呀，那邊不用啦。」

「會留下痕漬喔，來。」

雪菜說著將手伸向古城的長褲。被少女用纖細的指頭碰在大腿以及更上面的敏感部位，古城無法呼吸也無法動彈。儘管雪菜似乎沒有自覺，但這種姿勢讓認識的人撞見，好像會遭到嚴重誤解。古城甚至懷疑，她是不是故意要引發自己的吸血衝動。

雪菜蹲在古城兩腿之間，毫無防備地露出白皙的頸根。

「我受到獅子王機關的命令，要監視學長……還有，學長如果是危險的存在，我也受命必須將你抹殺。」

「抹……抹殺？」

聽到人平靜地說出這段險惡的話語，古城全身多了另一層意義的緊繃。

但雪菜語氣和緩地強調：

「我想我明白其中原因了。學長你有點欠缺自覺，讓人相當不放心。」

「呃，我覺得妳也挺讓人不放心的就是了。」

再說妳還把錢包弄丟了——古城多嘀咕了這麼一句，便被雪菜白眼。

「總而言之，從今天起我會監視學長，請千萬不要有奇怪的舉動。因為我還沒有全面信任學長。」

「監視……是嗎？」

算了。古城想著放鬆肩膀。雖然有許多部分令人擔心，但雪菜這人似乎並不壞。反正他也沒有打算做什麼不方便讓人監視的行為，與其被不賞心悅目的男性攻魔師糾纏，換成女孩子至少還欣慰些。

「對了，姬柊。關於凪沙那邊——」

古城忽然不安地望向雪菜，雪菜則有些壞心眼地笑著點點頭。以她來說，難得會有與年紀相襯的稚嫩笑容。

「我明白。學長是吸血鬼這件事，我會保密。所以，我的身分也請不要說出去。」

「嗯。把妳當成普通轉學生就行了吧？」

古城聳聳肩回答。就算他告訴別人有這麼一個國中生是特務機關的監視員，橫豎也不會有人相信才對。

「非常感謝。」

雪菜說著站起身，臉上已經恢復平時的正經神色。

「那麼，學長接下來打算做什麼？」

「呃，這個……我是想去圖書館寫暑假作業……」

古城說到一半，忽然有種討厭的預感。

「姬柊，難道妳打算跟來？」

「是的。不可以嗎？」

雪菜一臉認真地問，態度當中透露的是：「事到如今還需要問？」

「沒有，雖然也不是不可以……妳該不會以後都要這樣吧？」

「當然了。因為我負責監視。」

雪菜表情不變地說完，揹起裝著長槍的吉他盒，開始收拾用完的餐點。

8

構成紘神島的四座人工島之一——西嶼，是一座不夜城。在餐飲業及商業設施雲集的這個地區，有許多店家會營業到清晨。

魔族大多是喜歡夜晚的。因此在魔族居民格外眾多的這座城市裡，提供給他們的服務也相當豐富。就某個層面來看，這片耀眼的霓虹夜景，或許正象徵著人類與魔族和平共存的紘神市。

然而，無論燈光照耀得多麼明亮，黑暗仍不會從夜之城徹底消失。

「——要不要和我們玩玩？」

夜晚人跡杳然的公園。當酒醉男子們路過能俯望海面的瞭望步道時，忽然聽見有聲音叫住他們。

朦朧亮著的街燈下，站著一名女性。

是個藍髮的嬌小少女。

眼睛是淡藍色，及膝的斗篷大衣罩著她全身，但底下似乎什麼也沒穿。少女打著赤腳。

「欸，怎麼啦？妳在這種地方找男人？」

「呿……還是個小鬼嘛。」

兩名男子望著彼此，表情散漫地說道。他們會受到吸引而晃著腳步接近少女，全是因為她的容貌異樣美麗。

肌膚剔透潔白，大大的眼睛，左右完全對稱的端正五官。是個身為生物的氣息有些淡薄，酷似妖精的少女。

「妳問的時候知道我們是魔族嗎？小姑娘？」

「在這種地方向男人搭訕，之後可沒辦法當成玩笑了事。我們今天心情很糟，而且對小丫頭特別火大。」

男子們從左右包圍住少女貼近說道。他們倆都在二十歲左右，身穿公關風格的黑西裝搭配褐髮，散發出粗暴氣質。

其中一名男子露出獠牙，顯露了身為魔族的本性。他是D種的吸血鬼。八成是性方面的亢奮，連帶造成男子的吸血衝動發作。

另一個人則粗魯地拔下套在自己右手上的鐲子。

如此就再也沒有東西會抑制魔族的能力。脫掉上衣的他肌肉隆起，背部則為褐色的鬣毛所覆。是獸人化。

「也許會讓妳心裡留下一點陰影，可別怪我。」

「要恨就恨昨天向我們找碴的那個國中生吧。」

男子們用炯炯有神的興奮目光瞪著少女。但少女的表情不變，帶著一絲哀怨仰望兩名男子，同情似的目光盪漾。隨後——

「——供魔族昂首闊步的不夜城。這座島，簡直就是受了詛咒的頹廢之都呢。」

有一陣和緩而悲痛的說話聲，從兩名魔族的背後傳來。

異樣的動靜毫無預警地出現，使他們嚇得轉過頭。

行道樹下的陰暗處站著一名男子，身披聖職者般的法袍。

他是個將金髮剃得像軍人那麼短的外國人。

左眼嵌著一塊眼罩般的金屬單眼鏡。

身高應該超過一百九十公分。年齡看上去約為四十，但肩膀隆起的大塊肌肉，令人感覺不出歲月造成的衰老。

體格本就結實的他在身披的法袍之下，還能瞧見金屬製的鎧甲。那是軍方的重裝步兵部隊所使用的裝甲強化服，威迫感龐大。

男子右手握著的是金屬製的半月斧（Bardiche）。那是具備巨幅刀刃的戰斧，其重量應該頗為可觀，男子卻能輕易操於一手。

「你哪來的？是攻魔師嗎？」

吸血鬼男子殺氣騰騰地問道。

「既然你都在旁邊看著，就應該知道吧？剛才是這個女人主動找我們的，沒道理被你講話。少礙事，閃一邊去。」

獸人化的男子，也用沙啞難辨的嗓音警告。

法袍男子則面無表情地望著兩名魔族。

「我都了然於心，因此才會說『請和我們玩玩』。」

他說著將斧頭的鋒刃舉向魔族。

而原本拿在左手的行李，被抛到兩名魔族面前。那是個縱長的運動手提袋，胡亂塞著成把成束的武器。劍、刀、擲槍與斧頭。裸露的刀身穿過手提袋，插進地面。那並非玩具，而是貨真價實的武器。

「要是你們沒辦法空手戰鬥，請用，把喜歡的兵器拿去。怎麼了嗎？你們害怕了？可憐的魔族啊。」

「臭老頭，敢瞧不起我們……這小鬼也和你一伙的吧？」

獸人男子說著，撿起了手邊的劍。他們原本就是性好廝殺的魔族，壓抑不了的殺戮衝動，使他低鳴著露出獠牙。

「我就如你所願宰了你——！」

一個蹬地，獸人的肉體爆發性加速，長劍朝站得毫無防備的男子面門重重劈下。然而，這把劍卻在攻擊途中，被法袍男子手裡的戰斧輕易彈開。驚愕使表情扭曲，獸人反覆猛砍。但是，結果相同。

「什麼！」

「L種(Lycanthrope)完全體嗎？快得名不虛傳。可是太單調了。」

「果然，和夜之帝國的正規獸人兵不堪一比，可憐啊……」

法袍下的強化鎧甲發出猶似野獸咆哮的運作聲。肌力增幅至極限的男子提腳跨步，路面隨之龜裂、大氣撼鳴。男子的戰斧疾揮，殘影劃出軌跡。神速的一擊連獸人也來不及反應。

「嘎啊……！」

斧刃從肩頭直落腰際，獸人的巨軀遭到砍飛。溫熱的鮮血四濺，周遭漫上血味。骨骼碎裂、切開肉體的聲音遲了一步出現。換作人類肯定當場死亡。即使是具備強韌生命力的獸人，這樣的重傷亦攸關生死。

「你……你這傢伙——！」

茫然望著受創的同伴，吸血鬼男子大吼。他撿起掉在地上的擲槍，朝法袍男子擲去。

即使不及獸人，吸血鬼同樣具有怪力。射出的槍速度有如子彈，眼看就要貫穿對方胸口——在得手的前一刻，卻被輕易打落在地。

「可惡……你打哪來的！」

面對吸血鬼男子的問題，法袍男子肅穆回答：

「我名為魯道夫．奧斯塔赫，洛坦陵奇亞的殲教師。」

「殲教師？西歐教會的僧侶怎麼會跑來這種地方——？」

「我沒有義務回答。」

嘖。吸血鬼男子咂嘴。惡態畢露的他，從左腿噴出漆黑火焰。

「幹掉他，灼蹄！」

火焰化為形貌扭曲的馬，旋即撲向法袍男子。那是攝氏一千度的灼熱眷獸。大氣隨著熱流盪漾搖曳，遭到火噬的地面留下燒焦臭味。

「唔，曾經聽聞你是會在市區內使用眷獸的愚蠢之人，看來傳言屬實。把你揪出來是值得的。」

男子彷彿久候多時，嘴角現出笑意。

然後，男子用自己的左手擋下突擊而來的焰之眷獸。

「什麼……！」

全然料想不到的光景，使吸血鬼男子瞪大眼睛。法袍男子面前出現一道宛如看不見的屏

障，將灼熱妖馬的攻擊抵擋在外。原來站在殲教師身邊的少女，架出奇妙的結界保護了他。

受阻於那道結界，眷獸的火焰無法觸及對方。

然而少女的防禦結界，力量似乎不足以將眷獸徹底彈開。

屏障及火焰相衝造成的壓力，使大氣陣陣作響。而後少女唇裡冒出虛弱的吐息，好似已無法負擔劇烈的能量衝突。

「連這種程度的眷獸也無法徹底無力化嗎？妳果然還有改良的餘地。」

「啊……？」

面對男子意義不明的低語，吸血鬼自鳴得意地揚起嘴角。他大概是判斷照這樣角力下去就能贏。

然而，法袍男子一臉無趣地喚了露出痛苦表情的少女。

「今夜的實驗就此結束，亞絲塔露蒂。」

「是，殲教師大人。」

被喚作亞絲塔露蒂的藍髮少女，靜靜地閉上眼。她拉開斗篷大衣，同時以缺乏抑揚頓挫的人工嗓音宣告：

「命令領受(Accept)。執行(Execute)吧，『薔薇的指尖(Rododaktylos)』。」

話語一落，某股力量同時從她的大衣空隙中迸發。

那是一條散發淡白色光芒的澄澈手臂，比少女的瘦弱身軀更為巨大。彷彿從她下腹部穿透而出的那隻手，好似活生生的蛇，一弓一伸就貫穿了吸血鬼的眷獸。

「——灼蹄？怎麼會！」

難以置信的光景，令吸血鬼驚嘆。

軀體遭到貫穿，焰之眷獸痛苦似的嘶吼。透明手臂的攻擊仍未罷休。它反覆掃過好幾次，有如要將焰之眷獸吞下。

「你們這些傢伙，到底做了什麼……！」

無法維持實體的焰之眷獸因而消失，吸血鬼男子當場倒下。失去大量魔力而動不了的他，嘴唇恐懼得發抖。

法袍男子淡然說道：

「用更強大的眷獸去對抗眷獸，就能將其打倒。原理很簡單。」

「怎麼可能……你說那是眷獸……？」

吸血鬼望著從少女軀體伸出的巨大手臂低咽。

法袍男子冷冷俯視兩名倒下的魔族說：

「雖然這些人不值一殺，若是放著不管，遲早也會和這座島一同滅亡。他們應該可以幫羅德達克杜洛斯填一填肚子吧。亞絲塔露蒂，施予他們慈悲。」

他面無表情地告訴藍髮少女。

吸血鬼察覺話中之意，發出哀號。

「別……別這樣，住手……！」

少女用淡藍色眼睛看了男子，憂愁萬分地垂下目光後，嘴唇發顫著說道：

「——命令領受。」

散發淡白光芒的巨大手臂，像一隻懷有惡意的野獸般開始蠢動。

男子的尖叫聲迴盪開來。

第二章 有監視者在的風景

Here Comes The Watchdog

1

曉古城住的家位在南嶼，也就是住宅群聚的絃神島南區。那裡是九層公寓中的七樓。在建築物高度受嚴格管制的人工島上，相較之下算是一棟較高且視野開闊的房子。

儘管是暑假的最後一天，古城鑽出被窩時，太陽已經高掛天空。這個時間能不能驚險趕上今天的補考都很難說。

古城原本就屬於夜貓子，變成吸血鬼後這種傾向又更嚴重。與其說他習慣在夜裡醒著，單純只是中午前腦袋都不會運作而已。全因為如此，這半年來他不斷遲到，為了補回沒上到的課，珍貴的暑假才會被補修以及補考毀掉。

「唔……好睏。」

懶散嘀咕的古城表情黯淡。補考剩下四科，尚未著手的作業和半程馬拉松也還留著。可以的話，他想在這個關頭拋下一切逃到島外面。但要是這樣做，不用等下半學期的課開始，留級就會成定局。而且凪沙的說教比什麼都可怕。

即使如此，和昨天以前的絕望性局面一比，多少要像樣些了。

幸虧有雪菜陪他用功到晚上。

她在獅子王機關似乎已累積有高中畢業程度的學力，雖然依教科也有擅與不擅之分，概括起來還是比古城靈光。書要自己讀才學得會——雪菜口裡唸著這些，到頭來還是會幫古城解題。不同於天才型的淺蔥，她會從基礎依序教起的這一點，也讓人相當受用。

讓年紀比自己小的國中生教導功課，這般狀況多少也讓古城感到窩囊，但是對於被逼到絕路的他來說，已經沒有空閒去介意那微不足道的自尊了。

「凪沙是去……啊，社團嗎？」

古城換好衣服，來到客廳看見的，是擺在桌上餐盤中的一枚五百圓硬幣，似乎代表早餐沒人準備，所以要拿這個買東西吃。古城感恩地收下錢以後，披上連帽衣出門。

順帶一提，凪沙是啦啦隊隊員。每年的這個時期她得為其他社團加油，還要練習啦啦隊本身的大賽，好像忙得不可開交。充實是好事——做哥哥的如此感到羨慕。

「……好熱。」

搭著冷氣不涼的電梯來到地面，古城走向公寓正面的玄關。

獨自漂在太平洋上的絃神島，一年到頭都容易下雨，受颱風侵襲的次數也多，不過這幾天亂晴朗的日子一直持續著。毫不休止灑落的太陽熱能籠罩在人工大地上，使氣溫變得相當驚人。覆蓋著馬路的柏油表面，冒出盪漾的熱氣。

察覺到熱氣中浮現了一道熟悉的背影，古城嘟噥著瞇起眼。

那是個穿著彩海學園制服，還揹了吉他盒的少女。

「啊……學長。」

發現古城杵在自動門前，雪菜緩緩回頭。午安──她用一如往常的正經口吻問候。臉蛋之所以一滴汗都沒流，顯得氣定神閒，大概是因為她布了某種結界吧。但這樣看起來比身為魔族的古城更異於人類，倒有點恐怖。

「姬柊，妳一直站在這裡？難道是為了守著我出門……」

感覺到類似跟蹤狂的執著，古城儘管心裡不安，還是試著問道。雪菜聽了面無表情地回望古城。

「是的。因為我負責監視。」

「喂，不會吧！」

「我開玩笑的。」

雪菜說著小聲地嘻嘻笑了，古城則歪了嘴沉默下來。她那格外冷靜的口吻，讓人分不清話裡哪些是認真的，對心臟不太好。

「我在等搬家的行李送來，因為對方說會在這個時間到。」

「……搬家？」

雪菜的話出乎古城意料，使他感到些微困惑。雪菜淡然地點點頭說：

「是的。由於任務派得太急，我來不及準備。昨天以前我都在旅館投宿，但還是很不方便，所以——」

她的話還沒說完，一台小型卡車就穿過步道駛進公寓的共用地，隨後停在古城等人所在的玄關前面。

從卡車下來的，是兩個穿著貨運公司制服的送貨員。您的行李送到了——年輕送貨員聲音響亮地喊著。

「不好意思，請搬到那邊。」

而雪菜的手指著的，是古城剛剛搭下來的電梯。

「等一下，姬柊。妳說搬家，該不會是要搬到……」

「嗯，就是搬來這間公寓。」

「為什麼？」

「我想是因為學長你住在這裡……」

雪菜疑惑地回答。怎麼會問這種再清楚不過的事呢——她的態度彷彿說著這句話。看來雪菜大有連私生活都一併監視的意思。古城氣悶地皺著臉問：

「這也是獅子王機關的意思？」

「是的。」

雪菜與用推車運來的行李，一起搭上電梯。古城沒來由地掛意起來，決定跟著她上去。像是要證實古城的這份不安，雪菜毫不猶豫地按下電梯七樓的按鈕，再朝兩名送貨員說：

「到七〇五號室。」

「妳等一下！」

古城忍不住大叫，送貨員驚訝地盯著他。

「怎麼了嗎？學長？在這麼窄的地方忽然叫得這麼大聲？」

雪菜用怪罪似的語氣問道。古城則焦躁地抱著頭說：

「七〇五不就在我家隔壁嗎！喂，雖然我稍微料想過，但是真的要做到這種地步嗎？這麼說來，上個禮拜住七〇五號室的山田會突然搬走，就是你們為這天埋的伏筆嗎？」

「我們並沒有用威脅的方式把人趕出去喔，是用和平手法說服他離開的。」

「說服？」

「是的。有可靠的靈能者做出開示，這個房間瀰漫著邪氣，之前自殺的住戶還在這裡陰魂不散，繼續住下去會死於非命。而我們只是轉達了這些話……」

「這在社會上就叫做威脅吧！你們還搞神棍詐欺嗎！」

「我開玩笑的。」

依然神色自若的雪菜呼了氣，像是在笑。只感到納悶的古城出聲問道：

「……啊？」

「對於七〇五號室的住戶，我們當然付了遷居費請他們搬走。聽說還準備了同等水準以上的房子供對方搬過去住。」

「真的嗎？」

「是的。好歹這也是政府機關辦理的事務。」

說來是這樣沒錯。古城這麼想著，安心地撫了胸口。雖然說連招呼也沒有好好打過，假如因為自己而讓過去住在隔壁的一家人遭遇不幸，實在令人於心不安。

貨運公司的送貨員望著古城他們，一臉「這兩個人到底在講什麼？」的表情。隨後電梯抵達七樓，門開了。

搬來的行李只有三個紙箱。兩個送貨員請雪菜簽收以後，簡單打完招呼就離開了。

「學長，可不可以請你幫忙把這些紙箱搬到裡面？」

雪菜打開玄關的門鎖，同時不多客套地向古城拜託。

「為什麼要我……」

嘀嘀咕咕地埋怨之餘，古城還是抱起其中一個紙箱。反正要是沒遇到這種狀況，吸血鬼的力氣根本派不上用場。

雪菜住的七〇五號室，和古城住的七〇四號室同樣是三房附廚房、客廳及用餐空間。要讓一家人生活稍嫌狹窄，但一個人住就顯得寬廣過頭。屋裡連個家具都沒有，更是讓人備感冷清。

「難道妳的行李就這些？」

「對啊。是這樣沒錯……」

雪菜歪著纖纖玉頸，回望古城。

「之前我住在學校宿舍，所以個人用品並不多。有什麼不妥當嗎？」

「沒什麼不妥當，但是會很不方便吧？照這樣看來，感覺妳連棉被都沒有。」

「其實我在哪裡都能睡。再說這裡還有紙箱可以用。」

「算我求妳，不要這樣過生活。」

古城無力地靠到牆邊。想到自己被一個窩在紙箱睡覺的國中女生監視，他會掛心得連夜裡都睡不好覺。

「生活上的必需品，我打算之後再去買就是了……」

雪菜找藉口似的嘀咕完以後，朝古城的臉瞥了一眼。面對她那副有話想說的表情，古城氣悶地皺起眉頭問道：

「因為非得監視我不可，才沒時間去買。妳該不會是這樣想的吧？」

「嗯，對啊。不過，畢竟這是任務……」

看雪菜一臉認真地點頭，古城傻眼般嘆了氣。這種問題，買完以後隨便找個理由開脫就行了吧？不過她似乎沒有這種觀念。

古城朝雪菜空蕩過頭的房間環視一圈以後，再次嘆道：

「既然這樣，只要我陪妳一起去買東西就可以了嗎？」

「和學長……一起去嗎？」

「這樣就不會讓監視任務開天窗了吧？」

「話是沒錯，可是學長你願意嗎？」

「下午前我還要補考，不過之後妳要買東西的話，我可以奉陪。畢竟我還欠妳幫忙準備考試的人情。」

確認過時鐘的古城說道。預定之外的活動耗掉了不少時間，再不去學校會趕不上補考。

「是嗎？要是這樣，學長考完以前，我會在學校裡面等。」

雪菜有些高興地微笑，接著又將之前擱下來的吉他盒揹回去。就是那個裝著名叫「雪霞狼」的長槍的黑色盒子。

「欸，那把槍……買東西時有必要帶著嗎？」

古城皺著臉問。假如可以，他倒不希望在買日用品時帶著這種要命的玩意出門——

「當然要了，因為我在執行任務。」

雪菜口氣冷靜地這麼回答，古城無奈地嘆了氣。

2

既然要將日用品快速地一次買齊，古城帶著雪菜到附近的家用百貨中心。才走進店裡，雪菜立刻目瞪口呆地定住了。

這家店並沒有格外奇特。被定位成學術都市的絃神島離本土天高地遠，供應詭異道具及藥品的地下商家雖然多，但與那些相比，這只是一間頗健全的日用雜貨店。

然而，雪菜以往似乎都沒有來過家用百貨中心這種地方。出生以來第一次目睹的巨大店面，使她陷入困惑。對於陳列的商品，雪菜臉上明顯帶有戒心。

「這種武器叫什麼？看來像是棒槌的一種。」

「呃，那是普通的高爾夫球桿，屬於體育用品啦。」

面對正經發問的雪菜，古城一臉五味雜陳的表情。他分不出雪菜話裡認真到什麼地步。

「這樣啊。那麼，這台像火焰放射器的重型裝備是……？」

「高壓洗淨機啦。用來洗車之類。」

「這些肯定是武器囉？我在電影裡看過。」

「妳說電鋸嗎？唔，要當武器的話大概也算吧……」

「啊，這個我在獅子王機關也有學過。居然連這種東西也賣，這家店太恐怖了。」

「那只是普通的清潔劑吧……？」

「對啊。我記得是用來製造毒氣的吧？將酸性藥劑以及含氯的藥劑混合，就可以——」

「錯了啦！妳別這樣用清潔劑，千萬不行！」

當東拉西扯地買完雪菜需要的東西時，古城已經徹底心力交瘁了。下午前的補考及馬拉松，也造成不起眼的消耗。

另一方面，雪菜臉上顯得十分高興。她似乎對家用百貨中心頗為滿意，看上去也像單純享受和別人一起購物的樂趣。

「對了，姬柊，結帳時不要緊嗎？妳好像買得不少耶。」

離開店面，古城在前往車站的路上問道。雪菜淡然點點頭說：

「嗯，因為事前我已經領到一筆津貼當必要經費了。」

「是喔，原來是這樣。」

古城沒多置疑地接受了她的說法。雖然雪菜還在見習，畢竟要把攻魔師派到人生地不熟的島上，待遇就算好一點也不奇怪。

「有津貼啊？那大概領了多少？」

「呃，差不多一千萬圓。」

「一千……！」

古城凝視著答得平靜的雪菜，張口結舌地說不出話。無論怎麼想，對國中生而言那都不是說拿就拿的金額。面對古城呆若木雞的模樣，雪菜露出不解的表情。

「獅子王機關的會計阿姨說過，似乎是因為要對付第四真祖，為了讓我在任何時候都能死而無憾……才會發這筆津貼。」

「是我害的嗎！是我害他們發那麼一大筆錢嗎！」

沒人能接受啦——古城如此大喊。津貼的金額會隨任務危險度增加，這個道理他明白，但是從雪菜過來以後，備感困擾的主要都是他。一下子被捲入雪菜和魔族的爭執，一下子私生活受到監視，一下子又被她用奇怪的長槍威脅。可是，為什麼反而是雪菜的荷包變厚？

不過，對於古城苦惱的呼喊，雪菜似乎有所誤解。

「對不起，學長。還讓你幫忙提這些東西。」

「不，這其實沒關係。妳一個人也拿不了吧？」

「對啊。有學長一起拿，真是太感謝了。」

這麼說著的雪菜露出微笑，古城默默聳了聳肩。他提的袋子裡是雪菜買的日用品。寢室用的窗簾、浴室地墊、洗手間拖鞋、漱口杯、牙刷與馬克杯。簡直像學生情侶剛開始同居要用的細軟——古城如此心想。

接著，就在古城和雪菜帶著這些東西，抵達單軌列車候乘區時——

「——古城？」

眼前有人發出訝異的聲音。

「咦？」

被叫到名字，古城反射性抬起頭。站在他面前的，是一個容貌亮麗吸睛的高中女生。那是熟面孔。

「奇怪，淺蔥？妳怎麼會在這裡？妳家不是在這邊吧？」

「嗯，因為我剛打工完準備回家……之前你要的世界史報告，我本來打算直接帶去你家給你……」

古城用一如往常的語氣攀談，淺蔥答話時卻似乎帶著一股戒心。她的視線就落在古城手裡那些充滿生活感的物品上。

接著，淺蔥將目光轉向古城身邊的雪菜。

「那女生是誰？」

「喔，妳問姬柊啊？呃，她是之後預定會轉到我們國中部的轉學生。」

古城口氣輕鬆地介紹雪菜，雪菜則點頭行禮。淺蔥盯著雪菜又問：

「那你為什麼會跟國中部的轉學生在一起？」

呃，因為——說到這裡，古城變得語塞。因為他已經答應過要保密，不能提到雪菜是國家特務機關的人員，以及專程來監視他這兩點。

基本上即使談到這些，他也不覺得淺蔥會相信就是了。

「對……對啦，姬柊她是凪沙的同班同學。」

好不容易想起這件事，古城拉高音量。淺蔥狐疑地蹙著眉說：

「她和凪沙同班？」

「嗯，她好像是在辦轉學手續時和凪沙認識的。」

「……所以說，你就找凪沙幫你介紹了？」

「哎，差不多啦。」

由於淺蔥猜的雖不中亦不遠矣，古城隨口應了聲。而雪菜聽著他們這段交談，臉上露出恍然大悟般的神情。

「她很漂亮耶～」

淺蔥把臉往古城湊近，低聲說道。儘管她和平時一樣帶著賊賊的笑容，卻不知為何顯得

皮笑肉不笑。

「就是啊。」

沒特別深思的古城坦然表示同意。看到淺蔥的臉頰因而抽搐，他略顯心慌地補了一句：

「……凪沙也這麼說過。」

「哦～～是喔。」

淺蔥離開古城身邊，臉上依然帶著刻意般的笑容。對於她這副模樣，感覺氣氛非比尋常的古城喚道：

「淺……淺蔥？」

「那麼，電車來了，我走囉。」

如她所說，電車恰好抵達單軌列車候乘區。這班車開往的方向，和古城他們住的公寓相反。古城連忙叫住淺蔥：

「咦？妳不是要讓我看世界史的報告？」

「是啊。我原本是這麼想，不過東西好像忘在其他地方了。」

淺蔥的笑容蘊含著沉靜的怒氣。明天到學校，我可要聽你交代清楚——她的眼裡傳來無言的訊息。

「什麼？喂，淺蔥？」

「掰掰。」

車廂的門在困惑的古城眼前闔上。不知道為什麼，淺蔥無視於他的存在，只殷勤地對雪菜揮揮手就走了。

「那傢伙怎麼搞的？」

古城歪著頭嘀咕。雪菜看似感覺到責任而賠罪：

「對不起，學長。也許我害你被誤會了……」

「誤會？」

古城不解地回望莫名黯然的雪菜，然後發出一聲「啊」，兀自釋懷地說：

「沒有啦，不會不會。因為我和她只是朋友。」

「只是……朋友嗎？」

雪菜彷彿拿不準古城的用意般反問。古城則毫不猶豫地點點頭回答：

「哎，該說是孽緣嗎？我和她就像哥兒們一樣吧。」

「學長……」

對於答得滿不在乎的古城，雪菜抬起頭，莫名地用責怪般的眼神看著他嘀咕。

「怎樣？」

「沒事，什麼事都沒有。」

說著深深嘆了口氣。

3

結果，古城和雪菜抵達公寓時，已經是接近傍晚的事了。

陽光仍然很強，不過風裡頭開始摻了點夜晚的涼意。

「──咦？古城哥你們也現在才回來？好晚喔。」

當古城等人逃離夕陽似的穿過公寓的門口，就有人出聲叫了他們。電梯門開著，穿制服的國中女生正在招手，催促他們快一點。

「是凪沙啊？妳那些東西要幹嘛？」

搭上電梯的古城，看著妹妹的模樣皺了眉。凪沙右手拿著裝了社團用品的運動手提包，左手則提著塞滿大量食材的購物袋。購物袋裡頭，有大量的肉和生魚片等等，盡是些平時與曉家無緣的高檔食材。

「還用問？要開歡迎會啊，歡迎轉學生的。」

看古城一臉訝異，凪沙受不了似的說道。

「歡迎會？」

「對呀。畢竟她才剛剛搬來住，今天根本沒辦法準備煮飯吧？」

「哎，說的也是。」

古城想起雪菜房裡沒餐具也沒調理器具，什麼都沒有，於是點頭認同。隨後他突然露出納悶的表情。

「凪沙，妳知道姬柊要搬來隔壁？」

「嗯，因為她今天早上來打過招呼嘛。你當時在睡覺就是了。」

凪沙回答的語氣像是在責備哥哥貪睡。她的話會比平常少，大概是因為在雪菜面前還懂得收斂。

「是這樣喔？」

古城小聲問了雪菜。是的——雪菜點點頭。

「呃……可是，這樣好嗎？還幫我舉辦歡迎會。」

「可以啦可以啦。再說我肉都買了，只有我和古城哥又吃不完。」

凪沙一臉好客地說。的確也是——古城說著也露出苦笑。

由於父母在四年前離婚，曉家目前是三人家庭。因為工作的關係，在市內企業擔任研究主任的母親，每星期只會回家一兩次。

兩個小孩若要見母親，隨時去都能見到面，因此倒不覺得寂寞。但古城和凪沙兩兄妹實質上等於是相依為命。凪沙捧著的一點五公斤大包裝特選牛肉，他們兩人實在吃不完。

「非常謝謝你們，那我就恭敬不如從命了。」

雪菜稍微思考過後如此說著。她大概是說服自己，這也屬於監視古城的任務一部分。聽她答應，凪沙一臉高興地笑了。

「太好了，那放完行李就來我們家喔。啊，我們家要煮什錦鍋，可以嗎？雪菜妳有沒有不敢吃的東西？在夏天正熱時猛開冷氣吃火鍋，感覺最奢侈痛快了。對喔對喔，味噌口味和醬油口味妳覺得哪個好？湯底的話，我是打算用鰹魚、昆布、雞骨頭還有干貝，不過今天也準備了螃蟹，還是該用醬油調味吧？螃蟹是鄂霍次克的毛蟹喔，現在正合時令——」

「點到為止，凪沙。姬柊都愣住了。」

古城輕輕敲了妹妹頭頂，要饒舌的她安靜。好痛——淚眼汪汪的凪沙如此嘀咕，並恨恨地看了古城。

雪菜的表情像是被嚇到了，仍不忘問道：

「呃，也讓我幫忙吧？處理火鍋的食材我還可以……」

「不不不，妳今天是客人啊。在我們家悠悠哉哉地等就好了。剛從那麼遠的地方來，會覺得很累吧？好啦，古城哥也來幫忙招待雪菜。」

「妳不要想到什麼就隨便亂講，我要在自己房裡寫剩下的作業。」

古城望著即將西下的夕陽，微微發出嘆息。猛一回神，暑假的時間已經所剩無幾。儘管他也覺得為時已晚，總還是掩飾不了心慌。

「既然這樣，我幫學長處理作業好嗎？」

雪菜將買齊的日用品擺到七〇五號室玄關問道。

對她這項意外的提議，古城感到猶豫。提議本身再讓人感激不過，但是讓妹妹的同學教自己讀書，以為人兄長的立場及年長者的威嚴而言，問題就大了。

然而凪沙不顧他心中的糾葛，直接說道：

「對不起喔，雪菜，古城哥就拜託妳關照囉。雖然他是個不太稱頭的哥哥。」

凪沙單方面講完就拉雪菜往家裡走。古城垮著臉跟在她們後面，年長者的威嚴蕩然無存。值得欣慰的頂多就是在凪沙強邀下，雪菜並沒表現出嫌惡的舉動。

才進家門，凪沙立刻圍上圍裙準備做飯。

在這段空檔，古城則帶著雪菜參觀自己的房間。

由於凪沙是打掃狂，一有機會就會擅自進來清理，所以就算被女生看見，古城的房間也被打理到不致丟人的程度。

話雖如此，他空蕩的房裡原本東西就不多。儘管沒有像雪菜房間那麼空，除了床鋪、書

桌、塞著舊雜誌而滿是空隙的書架外，房裡就沒有其他東西了。

「這個……學長，你原本是籃球隊隊員？」

發現書架上擺的相簿而顯得有些意外的雪菜問道。

相簿裡是古城在國中時期加入籃球隊的紀錄。從社團引退時，他將所有和籃球有關的道具都處理掉了，只有這個捨不得丟。

「原來妳認得籃球啊。之前明明把高爾夫球桿講成棒槌的一種。」

古城打趣地說。看似在鬧脾氣的雪菜嘴巴一歪又問：

「得到都大會的第二名，成績很光彩呢。」

「哎，那是以前的事啦。」

「可是學長卻不打籃球了，是因為獲得第四真祖的力量嗎？」

雪菜說著一臉正經地望過來，古城嫌麻煩似的搖頭。從那之後已經過了一年嗎？他懷著有些覺得不可思議的心情這麼想。

「和這種體質沒關係啦。畢竟我不打籃球是在那之前的事。」

雖然這副身體確實沒辦法上場比賽——古城說著自嘲地笑了。

怪物般的蠻力、跳躍力，還有連子彈都能接住的敏捷度。外掛到極點的魔族能力，和運動家精神處於兩個極端。就卑鄙程度來說，和服禁藥一類的行為根本無法相提並論。

然而，古城不打籃球已經過了一年以上。那是他變成吸血鬼以前的事情。

「既然這樣，是為什麼？」

「沒什麼特別啦，理由很常見。都是因為我不懂一個人是沒辦法玩社團的。簡單來說，就是我在社團被孤立了。」

「咦？」

古城說得好像事不關己，讓雪菜訝異地望著他的臉龐。古城懶散地倒在床上，望著天花板苦笑。

「那時候的我，以為只要自己努力就能贏，實際上在途中也還勉強過得去。說起來我們那支球隊就是只有一人獨撐的隊伍。我還被選為優秀選手，也許是挺得意忘形的。」

明明就不可能像我想得那麼美嘛——古城笑道。

起因是國中最後一場大賽，古城在地區預賽中負傷。受敵隊嚴重的犯規動作影響，古城被迫中途離場。幸好得分大幅領先，古城的傷勢也不重，只要贏球就能出征下一場比賽。

然而在失去古城的瞬間，隊伍的士氣就垮了。

局面立刻被逆轉，他們被對手大大拉開比數，然後輸得一蹋糊塗。

古城只能目瞪口呆，坐在板凳上看著那個過程。

「比起被逆轉，更讓我受到打擊的是其他隊員都能平靜地接受輸球。」

他自暴自棄地對雪菜聳聳肩。

「接著我總算發現，從他們身上剝奪鬥志的人就是我。我讓他們養成了即使自己不拚，別人也會幫忙贏球、也會設法撐過去的想法。即使明白這一點，事後也無從補救就是了。」

所以古城用養傷當理由，離開了社團。雖然也有同伴慰留他，但古城已經沒辦法再和他們一起打籃球了。因為古城覺得只要自己在他們身邊，他們肯定不會改變。更重要的是，古城本身就沒有持續下去的鬥志了。

「在我聽來……會覺得錯的不只有學長耶。」

原本靜靜聽著的雪菜，用嚴肅的語氣這麼說道。

而古城逗弄人似的笑著回答：

「哎，那也沒什麼好在意的，反正是我自己沒了勁。不過——」

隨後古城悄悄露出犬齒，眼睛的顏色短短變紅了一瞬。

「被人把這種叫『第四真祖』的荒謬體質推到身上時，我也稍微思考過。要是用這股能力，肯定就能解決目前世界上的幾項問題。至少要幹掉兇惡罪犯或抹殺瀆職的政治家，這點事我還辦得到。」

「學長，你這樣——」

「我知道，我這樣想是不行的。就算獲得了比別人多一些的力量，也絕對沒有道理可以讓我這種傢伙在獨斷下推動世界。要是做出那種事，肯定又會在其他地方產生反作用吧。」

雪菜安心似的呼了口氣，隨後又像忽然察覺到什麼而蹙起眉。

「學長會隱瞞自己的吸血鬼身分，還希望過得像個普通人，就是因為這樣嗎？」

也許吧——古城態度含糊地點頭。

「我又不需要吸血鬼的能力，可以的話不想和那些事扯上關係。再說我也不是當正義使者的料。莫名其妙交到我身上的這股力量，坦白說超出我的格局。我根本沒自信駕馭它。」

「嗯……」

儘管不是不能理解這種心情，雪菜望著古城時，眼裡卻顯得有些心寒。

「不過……那只是學長什麼都不想做的藉口，對不對？」

「咦?奇怪……妳的評語是這樣？」

古城露出受傷般的表情，起身說道：

「老實說，我以為自己剛才說了一番挺不賴的話耶……」

「呵呵，是啊。其實我稍微對學長刮目相看了。」

「是……是喔？」

「是啊。」

雪菜微微嘻嘻笑出聲。

「接下來，我們先處理學長現在非做不可的事吧。總之不准死背題目的答案，畢竟只要掌握住基礎公式就沒問題了。」

雪菜攤開古城的教科書，說話語氣宛如年長的家庭教師。暗暗叫苦的古城皺起整張臉，雪菜卻顯得莫名開心。

4

凪沙準備的晚餐，粗略算來應該也有七、八人份，不過古城家裡的三個人發揮旺盛食慾，將這些一掃而空，最後還煮了雜炊粥，連湯汁都喝個精光。

「呼……吃得好飽，人家已經動不了啦。」

凪沙穿著輕薄的貼身背心，躺在客廳沙發上。面對表示要幫忙收拾的雪菜，凪沙強調好幾次「沒關係」並硬把人趕走。等到將廚房清理得乾乾淨淨以後，她似乎已用光力氣。

「喂，凪沙，別睡在這種地方，會感冒。」

望著幸福地捧住肚子的妹妹，受不了的古城粗聲粗氣地這麼說。凪沙則是看似吃力地揮了揮手。

「我躺一下就好～～今天還去社團練習，有夠累的……咦？古城哥？你要去哪裡嗎？」

「便利商店。我去買個飲料，消除睡意。」

古城在家居服外面披上連帽衣回答。

還趴著的凪沙猛然抬起臉說：

「啊，那幫我買冰回來。和上次一樣的。」

「妳還要吃啊？會肥喔，小腹。」

「好煩喔，我討厭聽你講這些啦。」

凪沙鼓起臉頰抗議。

「是是是～～」

明明會生氣就表示她也有自覺會變胖。古城這麼想著綁好鞋帶，打開玄關的門。一來到外面，雪菜就站在他眼前。

「──你想在這種時間去哪裡？學長？」

唔喔──古城不禁叫出聲。雪菜警戒似的瞇著眼，冷冷地瞪著古城。

「姬……姬柊？」

「是的。有什麼事？」

看雪菜歪著頭，古城稍微安下心。

雪菜的頭髮還是溼的，髮梢滴著水，模樣更是毫無防備，只在肌膚上披了件制服襯衫，之前那個吉他盒也沒揹著。古城原本以為她會一直在家門前站崗，看來似乎並不是這樣。

恐怕是雪菜洗澡洗到一半，突然察覺到古城要外出的動靜，就急著衝出來了吧。也不知道該說是工作熱忱或憨直，這種一板一眼的態度正像她的為人。

「妳該不會打算跟著我吧？就穿成這副模樣？」

古城感覺到輕微頭痛。

「因為我負責監視。」

雪菜用一如往常的淡然口吻回答，卻難免顯得忸忸怩怩、心有不安。畢竟狀況來得突然，她大概連內衣都沒穿。

古城無奈地搖搖頭說：

「總之妳去把頭髮吹乾吧。我會等妳準備好再走。」

「真的嗎？」

雪菜有些訝異地眨眨眼。依舊皺著臉的古城回答：

「誰敢帶著這副模樣的國中女生，在大半夜到處晃啊？我會被警察抓啦。」

「是……是嗎？那麼，請你進來等一會兒。」

「呃，不用了，我就在這邊等。反正我也不會亂跑。」

古城說著猛然低下頭。無論怎樣，要和剛出浴的女生獨處實在是不太妙。對他而言難度過高。

那我先失陪了——雪菜留下這句話，落荒而逃般回到自己的房間。

古城從公寓走廊仰望天空。他放空心思數起星星，因為有股預感告訴他，要是想像雪菜換衣服的模樣，吸血衝動八成會發作。

之後雪菜的房門再度打開，這次出來的是確實換好制服的雪菜，那個黑色吉他盒果然也揹在身上。

難不成她沒有帶制服以外的衣服過來？古城忽然這麼想到。之後也得帶她去買衣服才行——古城發覺自己自然而然冒出這種想法，因而感到一陣沮喪，心情簡直像撿了一隻照顧起來煞費工夫的小動物那般。

「那麼你要去哪呢？學長？」

雪菜渾然不知古城心中的糾葛，開口問道。古城搭上電梯回答：

「便利商店啦。妳總不會說妳不知道便利商店吧？」

「嗯，那我知道。可是，我沒有在半夜去過。」

彷彿交雜著期待與不安，雪菜的聲音聽來很興奮，表情有如瞞著父母使壞的孩子。對便利商店期待太多也沒用吧？古城這麼說著，苦笑賠罪：

「剛才不好意思，讓妳很累吧？」

「咦？」

「吃晚餐的時候，凪沙那傢伙聒噪得不得了。」

「不會，我很開心。而且火鍋好好吃。」

雪菜有些害羞似的微笑。那就好——如此附和的古城也笑著說：

「以前我們是輪流做飯，不過最近凪沙的廚藝已經比我高出一截了。」

「有兄妹真好呢。我沒有家人，所以會覺得憧憬。」

雪菜用若無其事的口氣說道。

「妳沒有家人？」

古城訝異地望著雪菜的臉龐。是的——如此回答的雪菜，絲毫沒表現出感傷地點點頭。

「待在高神之杜的所有人都是孤兒。因為那裡是從全國搜集有資質的小孩來培育成攻魔師的組織。」

「原來是這樣啊……？」

聊到雪菜意外辛酸的身世，古城變得口拙。

「那麼妳從一開始，就是為了被培育成攻魔師才……」

「是的。呃，不過，我的意思並不是說沒有家人會覺得寂寞。高神之杜的成員都對我很好，而且我也不討厭劍巫的修行。」

雪菜連忙補充。感覺她並沒有說謊，古城便坦然地信了她所說的話。實際上，雪菜那套甚至能技壓魔族的體術，就讓人覺得絕不是厭惡修行還練得出的。不過——

「妳說的劍巫……是什麼？」

不熟悉的字眼讓古城歪頭問道。

「那是在高神之杜服務的攻魔師。我想意思大概就是指修練過劍術的巫女吧。」

雪菜看似沒有自信地回答。其實她自己好像也不太懂。

「巫女……表示姬柊妳也會祈禱或占卜嗎？」

「作法我學過，雖然我並不是很擅長……」

「哦——」

這樣啊——應聲的古城沒來由地感到認同。說起來，雪菜就有一種彷彿事事講究規矩，卻意外對刻板儀式不適應的氣質。

如果要歸類，也許該說她有動物般的靈性，或者屬於靠本能及直覺行動的類型吧？說不定那反而才是巫女本來要有的資質。

「學長……你剛才有沒有冒出什麼失禮的念頭？」

簡直像被看透心思似的問個正著，古城慌了起來。

「咦？沒有啊，我沒那樣想。」

「靈感及靈視，我多少還是會用。即使說謊也是白費心機喔。」

「咦……？妳真的好像動物……」

「學長果然有沒禮貌的念頭……」

兩人聊著聊著，已經接近目的地便利超商。

古城他們所住的公寓位在南嶼，是以住宅區為主的人工島，晚上行人並不多。即使如此，車站附近也還算熱鬧。

速食店、咖啡廳、漫畫喫茶店和電玩中心同樣有營業——

「啊……」

路過電玩中心時，雪菜驀地停下腳步，古城跟著回頭。儘管她不可能認不得電玩中心。

「姬柊？」

「啊，對不起。沒什麼事。」

「這台抓娃娃機怎麼了嗎？」

古城發現雪菜凝視著擺在店面的機台，如此問道。雪菜稍微歪了歪頭說：

「它是叫……抓娃娃機啊？這台放著貓又又的機器……」

「貓又又？妳是說這個幸運玩偶？」

「是的。唔……它在我之前讀的學校很受歡迎。」

雪菜微微點頭。那是二頭身的幸運貓玩偶，設計得像一隻又軟又蓬鬆的招財貓。特徵在於岔成兩條的尾巴，而那大概就是名字的由來（註：有兩條尾巴的貓妖在日本稱為「貓又」）。雪菜的口吻聽來彷彿興趣不大，但她的眼睛正閃閃發亮地看著玻璃櫥窗中的幸運玩偶。

「這種難度的話，感覺弄得到。」

古城臉上帶著些許苦笑，掏出了百圓硬幣。雪菜看似驚訝地仰望著他說：

「弄得到是什麼意思？難道你……」

「不是啦不是啦，我沒有要順手牽羊。這種機器本來就是這樣玩的。」

古城說著將硬幣投入遊戲機。當機械臂開始在古城操縱按鈕下運作，雪菜好像也理解其中的原理了。她的目光緊跟著機械臂，表情比和魔族交戰時更加認真。

由於瓜沙常常硬要指定一些難抓的目標，所以古城玩抓娃娃機的技術還算不錯。他看準了位置容易搆到的單品，準確地放下機械臂。

幸運玩偶被機械臂不偏不倚地夾住，並且運到獎品取出口，而雪菜全程屏息注視著。隨後，酷似招財貓的玩偶掉進取出口，就在這個瞬間——

「——那邊那兩個，你們是彩海學園的學生吧。這麼晚了在外面做什麼？」

沉穩的嗓音從背後傳來，使得古城和雪菜彷彿慘遭雷擊似的定住了。

看見遊戲機台玻璃上映著的身影，古城嚇得倒抽一口氣。

站在那裡的是南宮那月。用不著特地確認長相，會在這座盛夏島嶼穿著悶熱又鑲滿荷葉邊的禮服，除她以外再無別人。夜裡撐著陽傘的她顯得不合時宜，但她似乎是為了輔導學生，正在進行巡邏。

「那邊的男生，你的背影好像在哪看過。總之你把連衣帽拿掉，然後轉過來。」

那月的語氣帶著某種愉悅。好比拿軟刀子殺人，似乎打算慢慢折磨古城。

猛一看，雪菜則是臉色發青地僵住了。畢竟她被培養成半個模範生，面對這種狀況應該是不堪一擊。

糟糕——這麼想的古城流下冷汗。

時刻已經接近凌晨零點。雖說這只是店面旁邊的抓娃娃機，既然人在電玩中心，就找不了藉口。完完全全違反青少年條例，更別提古城是和國中生結伴成行。

「怎麼了？要是你堅持不回頭，我也有我的辦法喔——」

那月帶著玩弄獵物般的語氣，剛把話說到一半。

隆！沉沉的震動隨即湧上，搖撼整座人工島。遲了一拍，爆炸聲響起。

「怎麼回事——！」

察覺到異樣的動靜，身兼攻魔師的那月回過頭。

爆炸聲仍持續不斷地響起。光用事故或自然現象無法解釋，發生的是人為破壞。不僅如此，還傳來了強烈的魔力波動，連常人都能感受到。正當那月的注意力徹底受吸引時——

「姬柊，快跑！」

古城立刻牽起雪菜的手，拔腿就跑。

「咦？啊……好的！」

雪菜理解古城的用意，也回握他的手。

「啊，站住！你們兩個——」

那月似乎在背後喊著什麼，但雪菜和古城都身懷非常人能比擬的體能。而那月即刻撤下的結界，在雪菜蓄勁一擊之下，也出現遭到破壞的跡象。徹底疏忽的那月，已無手段再追上他們。

得救了——這麼想的古城不過放心了一瞬。

「你給我記住，曉古城！」

那月撂下的台詞，在夜晚的街道造成迴音。

然而，她的聲音又被斷斷續續響起的巨大爆炸聲掩去。

疾奔的古城臉色驟變。並不是那月的話令他動搖，而是因為他發現在城裡造成爆炸及異變的幕後黑手，其真面目是什麼了。

那是擁有壓倒性強大意志的狂暴魔力聚合體。破壞的化身。

而且也是和現在的曉古城最為接近的存在——

吸血鬼的眷獸。

5

「學長……剛才的是……」

一路跑到人工島的岸壁，雪菜終於停下腳步。她的呼吸幾乎沒有絲毫紊亂，臉頰卻帶著一絲紅潤。大概是注意到自己的手一直被古城握著的緣故。

但她沒有放手，態度好似防範著不讓古城離開自己身邊。

「嗯，是眷獸吧。而且看那股魔力……宿主八成頗有來頭。」

古城皺著臉說道。話語方歇，巨大的爆炸再次掀起。

人工島上空冒出直徑數十公尺的火球，狂風於間隔片刻後掃來。白浪翻湧的海面有如暴風雨的夜晚，人造的大地震盪鳴動。

沐於炸裂的熾焰間，漆黑妖鳥浮現其身形。

儘管只看見一瞬，古城他們就確定了。那果然是濃密魔力所催生出的召喚獸，吸血鬼的眷獸。

而且，它並非數天前與雪菜交手過的那種小角色。由足以撼動島嶼的破壞力判斷，即使不到長老（Wise Man）或貴族（Nobles）的地步，應該也是有名號的「舊世代」所用的使役魔。

而那正化為實體肆虐著，有吸血鬼在和不明的對象交手。

變成戰場的是位於東嶼的倉庫街。那裡屬於幾乎沒有人的工業地帶，但即使遠遠看去，也能看出災害已釀成大規模的工廠火警。

可是，損害已達這般地步，戰鬥卻仍舊持續著。

這項事實只意味著一點——和「舊世代」吸血鬼交手的對象，同樣具備與「舊世代」同格的戰鬥力。

在古城他們住的這座城市裡，有人正要逼殺強大的舊世代吸血鬼。事態緊急非常。

「學長，對不起。我們在這裡分開吧。請你先回自己家裡。」

雪菜單方面說完這些話就放開手。古城啞口無言地望著她。

「姬柊？」

「我要去調查發生了什麼事。確認人員安危以後，我立刻就回來。」

「等一下，姬柊。要去探狀況的話，我也——」

古城連忙叫住雪菜。雪菜受不了地回望古城。

「學長去了又能怎麼辦？請認清自己的立場。」

「立……立場？」

「沒錯。在那裡戰鬥的是吸血鬼，而學長是第四真祖喔。」

「呃，然後……？」

「假如學長打算到場阻止戰鬥，然後讓任何一方有所閃失，會有什麼後果你知道嗎？第四真祖要是攻擊其他血族的吸血鬼，問題就嚴重了。相反的，你要是加入對方的陣營，同樣也會造成爭端。」

被雪菜狠狠一瞪，古城原本要說的話全梗在喉嚨。

「那是什麼道理啊……既然這樣，我要怎麼做才好……？」

「所以學長什麼都不必做。因為會礙事，請你趕快回去。就是為了不讓你做出那種危險的舉動，我才會在這裡。」

「慢著，那樣的話妳也沒有理由非過去不可吧？留下來監視，別讓我去插手。」

這次換古城瞪著雪菜說道。然而雪菜毫不猶豫地搖頭反駁：

「如果學長真的肯安分，我就會留下來……但是那不可能吧。畢竟學長認識的人，說不定正受到戰鬥的波及——」

面對雪菜冷靜的指正，古城陷入沉默。

戰鬥的規模大到這種地步。就算戰場離市區有距離，也不能保證就沒有民眾受波及。而古城在這座島上認識的人也不少。至少要確認他們安全，古城才能安心——

「所以我會過去確認，這也是任務的一環。」

雪菜說得斬釘截鐵，古城忍不住提高音量說：

「為什麼妳必須去冒那種危險？維護魔族特區的治安是警察或特區警備隊的工作吧？」

「不是火候已到的攻魔師可沒辦法闖進眷獸作亂的戰場喔。可是，因為我有這個——」

雪菜說著從背後的吉他盒抽出武器。

清脆金屬聲響起，銀槍開展其刀刃。

「這是為了對付真祖而交到我手上的裝備。那種程度的眷獸，不會是雪霞狼的敵人。」

「姬柊……」

「所以囉，請學長留在凪沙身邊。」

雪菜朝臉上仍有不安的古城露出溫柔微笑。

那空靈的笑容讓古城感到困惑。

「咦？」

「聖域條約上也明載了魔族的自衛權。假如是為了家人或應庇護的領民，學長就算動用力量也不會有任何問題。」

趁著古城心情動搖的空檔，雪菜猛衝離去。

她大概從最初就算準了時機。從人工島斷崖一躍而下的雪菜，腳底有貨運單軌列車的蹤跡。她無驚無險地在行駛中的車廂上降落。自動運作的單軌列車，開往正進行戰鬥的絃神島東區。

「姬柊……！」

獨自被留在南區岸壁的古城，揮拳重重打在眼前的鐵絲網上。

倉庫街目前仍然陷入交戰。浮現於烈焰中的眷獸，不知受到何人攻擊，發出了慘叫般的咆哮。

此外只見巨大的爆炸事故——

6

倉庫街四處發生大規模火災。

街燈熄滅的街道被熊熊燃燒的火焰照耀成整片赤紅。自動滅火裝置也在運作，但火勢並無消退跡象。

所幸街上人跡杳然。這個地區原本人口就少，管理倉庫街的人員似乎也已經疏散完成。供電應該是受爆炸波及而中斷了。單軌列車一抵達東嶼，旋即停止運作。

雪菜跳下不再開動的車廂廂頂，前往眷獸作亂的現場。

交戰中的眷獸，是一隻酷似巨大渡鴉的漆黑妖鳥。

其翼長輕易就超過十公尺。仿若黑暗凝聚成的巨軀，不時閃耀著近似熔岩的琥珀色光芒，吐出的火球則將周遭捲進駭人爆炸中。包裹它全身的是狂風。看來那匹眷獸象徵的便是爆炸本身。

站在大廈樓頂操縱眷獸的，是個身穿上等西裝的修長吸血鬼。

他的年齡看似三十歲左右，不過單從驚人魔力來看，所活的時間恐怕還要超出數倍。那副壓倒性的存在感及魄力，與「舊世代」的封號可說名實相符。

其身分若不是絃神市企業聘雇的幹部職員或傭兵，就是夜之帝國派駐的軍方高層官員。無論為何都算大有來頭。

然而，具備這等力量的吸血鬼正反覆施展攻擊，戰鬥卻全然沒有結束跡象。別說結束，男子臉上更明顯露出心急和疲倦的神色。

「舊世代」受制於敵。

「那是……」

察覺到延伸開來的閃光將黑暗撕裂，雪菜發出困惑的聲音。

那是一條帶著虹彩般光輝的巨大半透明手臂。

手臂並非活生生的肉身，和眷獸一樣，屬於實體化的魔力聚集體。可是，那與雪菜熟知的眷獸有股不同的氣息。

近數公尺長的手臂，於空中和漆黑妖鳥接觸。

在下個瞬間，妖鳥發出痛苦的咆哮。

妖鳥的翅膀被連根扯落，熔岩般灼熱的鮮血四散飛濺。

虹色手臂進而撕開陣腳大亂的妖鳥巨軀，好似要將其生吞活剝。

無法維持實體化的妖鳥，潰滅成單純的魔力，墜落在地。可是虹色手臂仍不停止攻擊，蹂躪眷獸遭破壞的身軀，有如野獸物色屍肉。

「它是在……吞食魔力？」

那副異樣的光景令雪菜戰慄。將其他眷獸打倒以吞食魔力——單就雪菜所知，她從未聽說有這樣的眷獸。

隨後，雪菜看見操縱那匹眷獸的宿主模樣，又更加動搖。

因為虹色手臂的宿主是個比她更嬌小的少女。在肌膚上罩著斗篷大衣的藍髮女孩，人工的美麗容貌，以及無感情的淡藍色眼睛——

「她……不是吸血鬼？怎麼會……人工生命體(Homunculus)為什麼能操縱眷獸？」

雪菜目瞪口呆地杵在原處。從她背後傳出沉重物體拋落在地的聲響。

訝異回頭的她，看見的是身負重傷而倒下的修長吸血鬼。

肩頭被深深劈開，傷口直達心臟。

若是人類自然會當場死亡。光從他仍有呼吸這點看來，就可得知「舊世代」的肉體有多強韌。

然而，正常會立即開始再生的肉體卻沒有出現變化，原因應該不只是失去眷獸、狀態虛弱。他受到了蘊含某種強大咒力的攻擊。

能施展這種攻擊的是人類攻魔師——而且，僅限於人稱辟魔師的高階技能使用者。不過，那卻是絕無可能發生的事。

辟魔師即為高階聖職者，乃是地位顯赫的祭司或僧侶。他們沒道理在市區進行私鬥，這種行為沒道理被允許。

「——唔。有目擊者？這在我的料想之外。」

驚覺有男性低沉的嗓音傳來，雪菜抬起臉。

背對熊熊火焰站著的，是個身高超過一百九十公分的魁梧男子。

攜於右手的半月斧刀刃，以及披在裝甲強化服上的法袍，皆為鮮血所染紅。是吸血鬼濺出的血。

「請你停止戰鬥。」

雪菜瞪著法袍男子出聲警告。

男子藐視般望著雪菜。

「真年輕。妳是這個國家的攻魔師……？看起來倒不像魔族的同伙就是了。」

他擺出評定斤兩般的表情說道。

雪菜感受到男子身體流露的殺氣，放低重心。

「對無法行動的魔族做出虐殺行為，將抵觸攻魔特別處置法。」

「對魔族阿諛奉承的背教徒所定之法，妳以為我有道理要遵循？」

男子隨口一答，舉起巨大的戰斧。

「唔……雪霞狼──！」

雪菜握緊長槍衝出。朝身受重創的吸血鬼揮下的戰斧，在千鈞一髮之際被她擋住。

「哦……！」

戰斧被彈開，男子一臉愉悅地低喃。他使出從魁梧軀體無法想像的敏捷腳步，飛身向後，跟著重新朝雪菜擺開架勢。

「想不到！那把槍，難不成是七式突擊降魔機槍？刻印著神格振動波驅動術式，獅子王機關祕藏不出的武器！沒想到竟會在這種場合目睹！」

男子嘴邊露出喜悅的笑意。眼罩般的單片眼鏡不斷發出紅光，似乎正直接對男子的網膜投射情報。

「好吧，獅子王機關的劍巫夠格當對手。小姑娘，洛坦陵奇亞的殲教師，魯道夫．奧斯塔赫與妳交手。這名魔族的命，妳就漂亮地拯救給我看吧！」

「洛坦陵奇亞的殲教師？西歐教會的辟魔師，怎麼會狩獵吸血鬼——！」

「我沒有義務回答！」

男子蹬向大地，魁梧的身軀猛烈加速。揮下的戰斧勢如斷頭刀，直逼雪菜而來。透過強化鎧支援，這道斬擊的威力就連裝甲車也能輕易腰斬。但雪菜徹底看穿其攻勢，閃避於片紙之差。

反擊緊接在後。兜了一圈的雪菜探出槍尖，朝向奧斯塔赫攻擊方歇的右臂。

奧斯塔赫將這記無法閃躲的攻擊，用覆有鎧甲的左臂直接擋下。

具魔力的武器及鎧甲劇烈衝突，迸發出青白色閃光。

「哼！」

男子左臂的裝甲碎散，雪菜趁隙拉開距離。對付頑強的彪形大漢，短兵相接對她實在不利。雪菜判斷應該用且戰且走的方式收拾他。

「一招就能擊潰我這聖別裝甲的防護結界嗎！不愧是七式突擊降魔機槍——使用的術式耐人尋味。了不起！」

望著遭破壞的左臂鎧甲，奧斯塔赫滿意似的舐了唇。他的單片眼鏡正不停閃爍。

雪菜從奧斯塔赫這副模樣感受到肅殺之氣，因而神情險峻。

非在這裡將他打倒才行——雪菜如此下定決心。身為劍巫的直覺告訴她，如果對這名殲教師置之不理，將會為此地招來巨大的災厄。

「——狻猊之神子暨高神劍巫於此祀求：破魔的曙光、雪霞的神狼，速以鋼之神威助我伐滅惡神百鬼！」

「唔……這是……」

雪菜肅然誦唱禱詞。少女體內修練出的咒力，令七式突擊降魔機槍增幅力量。槍身散發出強大的咒力波動，使得奧斯塔赫表情扭曲。

緊接著，雪菜朝奧斯塔赫發動猛烈攻勢。

「噢喔……！」

閃光般穿出的銀槍，被殲教師用戰斧擋下。傳導至手臂的衝擊，使他面色愕然。連獸人的攻擊都曾輕易接下的強化鎧，卻承受不住嬌小少女的攻勢，連退數公尺。負荷過載導致各處的關節迸散出火花。

而且雪菜的攻勢並沒有就此停歇。極近距離下的連擊宛如狂嵐，逼得奧斯塔赫一味防守。這項事實令殲教師驚愕。

單以速度而言，身為人類的雪菜遠不及獸人或吸血鬼。但透過靈視測知下一瞬的未來，就能使雪菜出招比誰都快。再搭配種種包含假動作的高等武技，雪菜獲得的攻速就連裝甲強化服的人工智慧都無法閃避。這是劍巫特有的超凡技能，唯有自幼不斷累積修行才能辦到。

「唔，多強大的力量……還有這種速度！這就是獅子王機關的劍巫嗎！」

漂亮！奧斯塔赫如此讚賞。半月斧承受不住雪霞狼的攻擊，在龜裂後應聲而碎。於此瞬間，雪菜的攻勢有片刻停緩。對於直接攻擊身為人類的奧斯塔赫，她產生一絲躊躇。而奧斯塔赫並未放過這剎那的空檔。

「好吧，獅子王機關的祕法，我確實見識到了——亞絲塔露蒂，動手！」

殲教師將強化鎧的肌力完全開放，往後頭一躍。代他衝到雪菜面前的，則是披著斗篷大衣的藍髮少女。

「命令領受。執行吧，『薔薇的指尖』。」

巨大的手臂從少女大衣中穿透而出，綻放著虹彩光芒撲向雪菜。雪菜則用雪霞狼迎擊。

龐大的魔力與咒力劇烈衝突，使大氣發出刺耳聲響。

「唔！」

「啊啊……！」

勉強在衝突中取勝的，是雪菜。名喚「薔薇的指尖」的眷獸，正被銀色槍尖逐步撕裂。也許是眷獸受到的傷害產生逆流，那個叫亞絲塔露蒂的少女痛楚地發出虛弱吐息。隨後——

「啊啊啊啊啊啊啊啊啊啊——！」

少女尖叫。另一條手臂出現，彷彿要扯斷她纖弱的背。

它們並非兩匹眷獸，應該是左右成對而算作一匹。但那條手臂卻像獨立的其他生物，由頭頂朝雪菜撲來。

「糟——」

雪菜的表情凍結。

雪霞狼的槍尖仍插在眷獸的「右臂」上。雪菜只要稍微放鬆，負傷的「右臂」八成會將她連槍一同壓爛。

而在這種狀態下，雪菜無法閃避「左臂」的攻擊——！

凌駕於舊世代眷獸的攻擊，人類的脆弱肉體不可能承受得住。確切的死亡正等著雪菜。

正因為身為優秀劍巫，她在一瞬間就領悟到自己的結局了。

沒有足夠的時間覺悟死亡。

只不過在最後一瞬，眼熟的少年身影從雪菜腦海閃過。那是幾天前才剛認識的，總帶著一副懶散表情的少年臉龐。

假如自己死了，他肯定會難過吧。

所以我不想死——雪菜心想。對於自己有這樣的想法，她感到十分訝異。緊接著——

「姬柊————！」

那個少年的聲音傳來，距離近得令人意想不到。

第四真祖，曉古城的聲音。

7

「哦哦哦哦哦哦哦哦哦哦！」

古城用單純握緊的拳頭，痛毆長成巨大手臂樣貌的眷獸。

他並沒有特別深思熟慮。不過，縱使那屬於魔力的聚合物，既然對付的是實體化的眷獸，古城認為只要用蘊含魔力的拳頭狠狠猛揍，應該就能解決問題。

結果比他料想的更有效。

發出虹色光彩的眷獸「左臂」，就像被砂石車迎頭撞上似的彈飛了。擔任眷獸宿主的少女，也連帶受到衝擊而跌倒，原本和雪菜交戰的「右臂」隨之消滅。

「什……」

雪菜目瞪口呆地望著這荒謬的景象。

古城的攻擊全靠蠻力，原始得連稱作戰鬥都嫌愚蠢。雪菜似乎就是對這感到傻眼。她的心情很容易理解。不過古城並沒有魔法方面的造詣，即使被人稱作第四真祖，吸血鬼會用的特殊能力，他連一項都不知道怎麼用。古城根本沒有其他攻擊手段。

「你在做什麼，學長？跑來這種地方——！」

看起來總算恢復心思的雪菜問道。古城毫不掩飾怒意地喊出聲音：

「那是我要說的台詞，姬柊！妳這個白痴！」

「白……白痴？」

「妳不是只來看看狀況而已嗎？為什麼要和敵人打！」

「這……這個——」

唔。雪菜欲言又止回不上話。雖然古城也不清楚事情經過，但他可以想像，八成發生了許多狀況。

古城不會飛，當然更不會用空間移轉魔法。用全力跑完連接兩座人工島，長達十六公里

的聯絡橋，實在累煞了他。

等古城終於追上雪菜，一開始作亂的眷獸卻已經被打倒，反而是雪菜和披著法袍的神祕男子戰得不可開交。

「所以……結果這些傢伙是什麼人？」

「我不清楚。雖然那個男人，好像是洛坦陵奇亞的殲教師……」

雪菜瞪著失去武器的法袍男子回答。腦筋明顯變得一團亂的古城又問：

「洛坦陵奇亞？那傢伙幹嘛特地從歐洲跑來鬧事？」

「學長，請你小心。他們還沒有……」

雪菜的警告還沒說完，穿著斗蓬大衣的少女已經先站起來了。在她背後，虹色眷獸依然保持實體化。被古城痛毆的傷害，似乎沒有遍及眷獸本體。

「剛才那股魔力……你並不是普通的吸血鬼吧。與貴族同等，或者在其之上……難不成第四真祖的傳言屬實？」

殲教師拋下遭破壞的戰斧。

藍髮少女挺身向前，像是要坦護那名殲教師。

從少女毫無情緒的眼裡，看不出殺意。不過，她口中靜靜編織出話語。

「再啟動（Restart），結束（Ready）。命令續行（Reexecute），『薔薇的指尖（Rododaktylos）』——」

巨大手臂遵從她的話語，伸展開來，宛如蓄勢待發的蛇。

「住手，我沒有意思和你們打──」

「慢著，亞絲塔露蒂。現在還不是和真祖交手的時機！」

古城和懺教師同時大喊。

少女迷惑似的目光閃爍。然而已接獲宿主命令的眷獸不會停下。虹色的鉤爪散發出內斂光芒，有如猛禽針對古城急降而下。

「學長，請你退開！」

雪菜持長槍衝出，用意像是要將古城推開。

不過，少女彷彿早料到雪菜會如此行動，從腳邊派出另一條手臂。飛來的右臂彷彿要挖開地面，即使是雪菜，要應對這波奇襲也慢了。

「姬柊！」

古城立刻推開雪菜。無防備的背後傳來衝擊，使她不由得跌了個踉蹌。遺失攻擊目標的右臂從眼底；左臂則從頭頂撲向古城。

「學……學長？你怎麼這麼做──！」

保護好身體而沒有跌傷的雪菜重新站穩。可是，要援護古城已經太晚了。

「唔……！」

古城握拳後勉強能迎擊的，只有右臂。沒避開頭頂攻擊的他，胳臂濺出鮮血。以為受創的瞬間，古城大吼。嗓音認真得彷彿另一個人。

「等等……住手……噢噢噢噢噢噢噢噢——————！」

那嗓音不像對敵人所發，而是對他自己。

古城的眼睛染成深紅，緊閉的唇縫間露出獠牙。

隨後從他受傷的胳臂噴湧出來的，並非鮮血。

裂膚而出的是眩目的青白色光輝。灼熱閃光占滿視野，旋即湧上的驚人衝擊使虹色眷獸被彈飛。

「唔，這樣不行……亞絲塔露蒂！」

殲教師朝著人工生命體少女怒喝。

然而，他的怒號被衝擊波引發的巨響掩沒。

由古城胳臂解放出來的，是化為實體的濃密魔力聚合物。換言之，就是被稱作眷獸的存在。不過，其次元已超出人們所知的眷獸。

那是一波如風暴般摧毀萬物的雷擊。

無從操控的巨大閃電掃向地表建築，催生出的衝擊波化為狂風肆虐過境。古城的身影被毫光徹底吞沒，雷之弓矢不分敵我地朝周圍飛射。

景象仿若史上最大規模的雷雲忽然出現在地表。

紘神島整體猶如遭到轟炸而動盪，周圍海域浪濤之兇猛可比海嘯。

天變地異般的這種狀況，頂多只持續了約莫二十秒。

巨雷和狂風到最後都消滅得一乾二淨，彷彿什麼都沒發生。

然而，唯有破壞的爪痕無法抹滅。

留在眼前的是被剷出扇形窟窿，化為廢墟的倉庫街。

勉強無恙的只有受雪霞狼結界守護的雪菜，以及她即刻挺身保護的瀕死「舊世代」男子而已。

「這就是……學長的……第四真祖的眷獸……」

過於巨大的破壞痕跡，使低喃的雪菜聲音發顫。

獵教師和人工生命體少女不見蹤影。

人工島的表土被剷去大塊，底下的地下結構因而外露。看來他們是從那裡逃走了。

狀似爆炸中心點的位置，則有古城精疲力竭地倒在那裡。連帽衣的左手袖子是破的，但他本身毫髮無傷，似乎只是累得睡著而已。

雪菜嘆著氣，再次環顧四周。

倉庫街的損害甚鉅，不過其他地區同樣災情可觀。

畢竟，要在靠港的船舶中找到無損的船都很難，單軌列車的軌道也崩毀了。落雷導致島上到處都停電，企業因此遺失的電子數據等損害，金額已無從估算。

雪菜將銀槍恢復成收納狀態，並走向倒地的古城身邊。古城睡得一副心曠神怡的表情，彷彿之前累積的精神壓力全發洩出來了。

「……這下要怎麼辦啊？真是的。」

望著古城的那副睡臉，雪菜虛弱地發出嘆息。

第三章 慨嘆的劍巫

She's Crying

1

隔天，媒體清一色是紘神市發生神祕爆炸事故的新聞。

報紙刊了一大面倉庫街遭到破壞的照片，電視及影片網站則不停播放目擊者談話。

遭受損害的是食品公司大廠的倉庫，估計有六十棟。停電家庭多達兩萬戶，其中近半數到今天早上要復電仍然無期。聯接東嶼及南嶼的聯絡橋和單軌列車軌道受重創，單是直接損失的金額就約有七十億圓。含間接性質的損害，據說損失總額高達五百億圓。只有無人死傷這一點，可算是不幸中唯一的大幸。

「唔哇～好恐怖。這件事原因不明對不對？」

制服外圍著圍裙的凪沙，正一邊收拾用完的早餐一邊悠哉地說道。

「聽……聽說有人懷疑……是打雷造成倉庫失火耶。」

啜飲咖啡驅逐睡意的古城，提高音調回答。他會顯得滿臉疲倦，是因為昨天一夜沒睡的緣故。

被雪菜帶離事故現場以後，他又得匿名打電話報警，還得送瀕死的「舊世代」男子到醫院。就在他忙著處理這些事的時候，不知不覺天就亮了。

「打雷這種理由，根本沒有人會信啦～～大家都猜是炸彈恐怖攻擊，或是火箭燃料誤爆，說法有好多種，不過人家懷疑是隕石耶。以前俄羅斯發生過和這個很像的事件喔。記得好像叫通古斯大爆炸吧？須藤先生說的。」

「隕石嗎……如果是那樣就好了……」

古城望向遠方嘀咕。就媒體報導的內容來看，昨晚的大破壞出於古城之手這一點，目前似乎還沒有露餡。損害規模實在太大，八成沒有人能想像那是區區一名吸血鬼引發的事故。

然而，情況不容他樂觀。

事故發生前夕，目擊眷獸在現場大鬧的人應該很多，古城的存在即使循線被查出來也不奇怪。而擔心這些以前，雪菜更可能把所有事供出。想到這裡古城就連睡也睡不安穩。

損失總額五百億圓。怎麼賠都賠不完嘛——古城心想。

另外，凪沙所提到的須藤，是絃神市當地的藝人兼電台ＤＪ的名字。雖然這不重要。

「那麼，我們啦啦隊要開會，我先走囉。」

凪沙匆匆忙忙在家裡跑來跑去說道。古城則隨便揮揮手應聲：

「喔。」

「門窗幫我關喔，古城哥。你也別遲到了。咖啡喝完要把馬克杯洗乾淨晾乾，出門以前

記得確認電有沒有關好……啊，對對對，新的手帕和面紙都先放在玄關了——」

「夠了啦，妳快點出門。」

「好～～」

看著一路吵吵鬧鬧的凪沙出門，古城才渾身疲乏地長嘆。

九月一日。暑假結束後第一個上學日。

彩海學園採二學期制，並沒有開學典禮等特殊行事。稍長的班會結束以後，按預定接下來便會照常上課。假期結束就已經讓人心情沉重，作業又根本沒寫完，最後還碰上昨晚這場騷動。乾脆把課翹掉，去遠方旅行好了。

當古城恍然想著這些時，玄關的門鈴忽然響了。

對講器螢幕上出現的，是穿制服揹著吉他盒的雪菜。

「姬柊……？怎麼了嗎？這種時候跑來？」

『我來接你了。學長，再不出門就要遲到囉。』

感覺到不祥預感的古城問道。雪菜用平常那副冷靜語氣回答：

「來接我……妳打算和我一起上學？」

『可以不用勉強和我一起走，假如學長希望我躲起來監視，我就會這麼做。』

「無論怎麼選，妳都要監視嗎……我懂啦，稍等一下。」

古城切斷對講器，帶著上課用的包包走向玄關。

打開門走到外面，便看到站在走廊上的雪菜很有禮貌地行禮。

「早安，學長。」

「嗯，早啊。」

雪菜和古城一樣，照理說應該幾乎沒睡，儀容卻整理得乾淨體面，從中感覺不到倦意。大概鍛鍊的方式不同吧，或者是基於年輕。不過，表情當中帶著的愁緒就沒有藏得徹底了。

「……昨天晚上，禍闖得還真大呢。」

沉默搭上電梯後，雪菜看似生氣地說道。

語塞的古城別開目光。雪菜這趟來接他，真正目的似乎是要在上學途中對他說教。

「損害總額據說是五百億圓呢。」

「唔唔……」

「學長是不老不死的吸血鬼，所以花個五百年說不定就能賠完喔。就算這樣，每年還是得還一億圓就是了。利息不知道會變成多少？」

「……難道昨天那件事，妳已經向獅子王機關或哪裡的上司報告過了？」

古城膽顫心驚地望著身旁少女的臉龐。雪菜淡淡嘆道：

「其實是非報告不可的，可是我有點猶豫。」

「猶豫？」

性格一板一眼的她說出令人意外的話，古城有些驚訝。

雪菜傷腦筋似的低著頭回答：

「是的。畢竟昨天那件事我也有責任，而且我也不覺得那全然是學長的錯……還有學長你也救了我……唔，非常謝謝你。」

她用小得幾乎聽不見的音量說完最後一句。

「這……這樣喔。也對啦……仔細想想，那算正當防衛嘛。我是為了保護自己，不得已才行使自衛權的。或者可以說我是專守防衛？」

古城不禁壯了膽，還試著把話說得煞有介事。雪菜望著這樣的他，遺憾似的搖搖頭。

「可是，我們沒有證據耶。」

「證據？」

「是的。當然我也會幫忙作證，但不知道能得到多少信任……獅子王機關和警方的關係本來就不和睦。說不定，我們曾經在現場這一點，反而會被視為問題。」

「是……是喔。」

再次確認自己所處的嚴苛狀況，古城灰心喪氣。他不清楚這算不算垂直行政體系造成的弊害，但政府的魔族對策部門中似乎也存在各種對立。想想雪菜還是國中生，她的證詞會缺乏做為證據的效力，這很容易理解。而要請差點沒命的「舊世代」男子，為古城的正當防衛作證，應當也是辦不到的事。

兩人仍氣氛沉重地持續走著，然後搭上開往學校方向的單軌列車。

從車窗望出去可將遭受破壞的倉庫街看得相當清楚，連繫人工島的聯絡橋也呈現從中斷毀的慘狀。

和昨天相比，列車內之所以變得擁擠，八成是行駛班表大亂的關係。原因同樣是昨晚那場事故。正因為責任在自己身上，古城也沒權利抱怨。

擠在壅塞悶熱的車廂裡，雪菜的表情也變得有些不悅。

「——根本說來，都是學長你做得太過火了。雖然當時狀況確實很危險，可是那樣明顯就是防衛過度。照理說下手不需要那麼重才對。」

「我也不是為了自己高興才那麼做的啊。」

古城賭氣般咕噥。在雪菜聽來，那也許就像乞哀告憐。她挑起柳眉瞪著古城說：

「既然如此，學長為什麼要命令眷獸胡亂破壞？」

「我說過自己沒有下命令啊。那霹哩霹哩的玩意又不是我的眷獸。」

「你為什麼要說那種一拆就穿的謊？」

雪菜嘆了氣，表情就像面對難照顧的孩子。

「據說第四真祖『焰光夜伯』，擁有十二具足以匹敵神話怪物的眷獸。實際造成那麼大的損害，事到如今學長總不該否認吧？」

「不是啦，我沒有要騙妳啊。」

心煩的古城提高音量。

「『有眷獸』和『愛怎麼用就怎麼用』完全是兩回事吧？那些傢伙根本就不會聽從我的命令。」

「……你說的是什麼意思？」

古城的話並非隨口胡謅，雪菜大概是這麼感受到了。察覺到事態嚴重，她的表情變得嚴肅。古城看似有口難言地搔著頭解釋：

「意思就是那些傢伙並沒有把我當宿主。我確實從奧蘿菈那裡繼承了眷獸，可是那些傢伙還沒有認同這一點。」

「奧蘿菈……也就是學長之前說過的前任第四真祖吧。」

雪菜抬頭望了古城確認。古城草草點頭說：

「就是因為這樣，我控制不了它們。雖然平時勉強還壓制得住，可是被其他眷獸攻擊的話，就實在沒辦法了。」

「意思是……它們會像昨晚那樣失控？」

「哎，對啊。而且就算我想呼喚那些傢伙，它們也不一定肯出來。不過我還沒有試過就是了。」

「這當然了。請你不要嘗試。」

雪菜生悶氣似的說道。

「……不過，如果剛才那些話是真的，就表示學長你這個人比我想像得更危險呢。要找出辦法，讓你切實控制住使役魔才行……」

雪菜如此嘀咕著，一臉認真地陷入沉思。

古城默默地盯著雪菜一會兒，不由得說出真心話：

「姬柊，妳真是個怪人耶。」

「咦……是這樣嗎？」

雪菜感到意外地睜大了眼睛。

「可是我才不想被學長這麼說耶。我哪裡奇怪了？」

「因為……聽我剛才說完那些，一般來說都不會像妳這樣思考吧？普通人可能會覺得，控制不住眷獸的吸血鬼太危險了，要小心別靠近，或者乾脆把我消滅算了。」

古城面帶苦笑說道。而雪菜自省般將手湊在胸口說：

「是嗎？聽你一說，好像也有這種感覺就是了……不過，畢竟我面對的是學長啊。」

「……這是什麼意思？」

「沒有，沒什麼特別深遠的含意。我只是覺得，學長並不是那麼壞的吸血鬼。不過就是有點懶散，還有偶爾很下流罷了。」

宛如重播和古城認識至今的記憶，雪菜瞇著眼說道。那並不是說玩笑話的口氣，看來她好像真的那麼認為。

古城一聲不吭地歪了嘴，連反駁都嫌麻煩。

單軌列車抵達學園前的車站後，和古城他們穿著相同制服的學生便熙熙攘攘地開始下車。雪菜取出票夾說：

「不過，假如學長真的繼承了第四真祖的力量，怎麼會控制不了那些眷獸呢？」

像是忽然想到的她如此咕噥。古城在她面前別開目光，稍微壓低聲音回答：

「大概是因為……我是還沒破處的吸血鬼吧。」

雪菜歪著頭看了古城。

「還沒……破處？破處是什麼意思？」

妳是認真的嗎？古城用如此臆測的眼神看著雪菜。然而，雪菜只是不解地眨著眼。這麼說來，她是某間上流女校教出來的女生，而且時間全花在哪門子劍巫的修行上——古城想起了這些。

「換句話說就是還沒有經驗。比如吸別人的血，那種事我就沒有做過。」

古城盡量挑了不會出差錯的字眼來說明。

實際上，古城不只無法使喚眷獸，就連像吸血鬼的能力也一項都不會用。這些應該都與他還沒吸過血不無關係，儘管到現在他也沒有感到特別不便就是了。

「哦，原來還沒破處是這個意思啊……咦？學長沒做過？」

雪菜訝異地問道。古城這段沒有吸血經驗的告白，和吸血鬼真祖的形象，在她腦海中似乎不太能連接上。

「學長你說……你沒經驗，是這樣嗎……？」

「也沒什麼好奇怪的吧。我直到前陣子都還是普通人類啊。」

「話是沒錯……不過……不過……」

儘管猶疑，雪菜卻顯得有一絲高興。另一方面，古城則歪著苦瓜臉提醒：

「話說我拜託妳，別在這種地方大聲說『沒經驗』或者『沒做過』之類的。」

「咦？為什麼？明明是學長自己提到的……」

「不是，因為這些話聽起來……」

古城煩惱著該怎麼解釋之餘，把臉湊到雪菜耳邊。隨後──

「哈囉，古城。」

一股力道突然撲到他背後。有條胳臂親暱地繞到他的脖子上，然後傳來熟悉的嗓音。

「你喔，大清早的，騙女生說什麼挑戰尺度邊緣的話啊？」

「矢……矢瀨？」

一早就情緒高亢地向古城攀談的，是個脖子上掛著耳機的短髮男學生。他似乎碰巧也坐同一班車。

矢瀨搭著古城的肩膀穿過驗票口。

「嗨……咦？跟你在一起的不是凪沙？她是誰啊？我們學校國中部有這樣的女生嗎？」

發現雪菜走在旁邊，矢瀨略顯吃驚地看了古城的臉。古城煩躁地推開他。

「她是轉學生啦。和凪沙同班。」

「哦～～這樣啊這樣啊……那你又為什麼會跟轉學過來的女生一起上學？」

「因為她住在我家附近，我們只是在半路上遇到而已。遇到的話，普通都會聊個一、兩句吧？」

古城佯裝平靜地回答。大致上他並沒有說謊，哪怕彼此碰上是在出玄關後的第一步，肯定也算是在上學的路上沒錯。

「我是姬柊雪菜。學長你叫矢瀨基樹對不對？」

雪菜規規矩矩地行禮。矢瀨忽然喜形於色地問：

「咦？怎麼？你們也有聊到我？」

「沒有。因為曉學長的報告書上，也記載了矢瀨學長的情報。」

「啥？報告書？」

雪菜被臉上浮現問號的矢瀨盯著，似乎發覺自己失言了。她擺著微微抽搐的撲克臉，搖頭回答：

「沒有，沒什麼事。我開玩笑的。」

「哦……是喔。那就算啦，多多指教囉。」

笑容親切的矢瀨豎起大拇指。

「對了，妳是樂團少女嗎？玩哪種音樂啊？」

「你問……樂團嗎？不，我對音樂並不熟悉。」

「咦？怪了，可是妳揹的是吉他吧？還是貝斯？」

「啊……你說的對。是這樣沒錯。」

想起揹著的吉他硬盒，雪菜連忙改口掩飾。

接著她態度生硬地從蹙起眉的矢瀨面前別開目光。

「兩位學長，不好意思。呃，我先在這裡失陪了。」

「喔……好啊。再見，姬柊。」

雪菜揮著手向古城致意，然後直接跑往國中部的校舍。

矢瀨默默朝她的背影望了半餉。

「欸，古城。她是讓人搞不清楚在想什麼的那種女生嗎？」

「沒有啦，該怎麼說呢？我想她才剛轉學過來，心裡很多部分還一團亂吧？」

「是喔……唔，總覺得，希望別弄出麻煩事才好。」

矢瀨嘀咕的口氣格外嚴肅。古城一臉納悶地回望他。

「麻煩事？」

「嗯，為了不攪亂我和平具喜感的校園生活，你好好努力吧，古城。畢竟就算她那樣，好歹也是我重要的童年玩伴嘛。」

你在說什麼？古城感到困惑之餘，順著矢瀨的視線看過去。

矢瀨望著的是高中部校舍，古城等人位於二樓的教室。坐在窗邊的淺蔥，剛好注意到抵達學校的古城他們，正朝著他們揮手。

2

「早，古城。你從早上就一副無精打采的臉耶。啊，老樣子嘛。」

班會開始前一刻的教室。古城來到自己的座位，坐在前面的淺蔥向他打了招呼。

儘管淺蔥的髮型及服裝依舊亮麗，唯獨今天，平時那份開朗多了層陰影，散發出某種憂鬱氣息。

古城帶著同樣慵懶的表情，揮手打招呼。

「要妳管。話說妳看起來也很睏啊。」

「就是啊。害我妝都上不好……你也看到新聞了吧？昨天那場爆炸事故。」

淺蔥介意地拿小鏡子端詳眼睛底下的暗沉肌膚。

感到心驚肉跳的古城則有點鬼祟地回答：

「呃，有啊。姑且有看啦。」

「那件事發生以後，人工島管理公社的大官立刻打電話來跟我哭訴。說是災害應變用的主架構全當了，要我從頭構築代用的系統。就是因為他們要省經費，用了備援性差的硬體，才會變成那樣嘛。而且調校都沒做好，過濾負載平衡也是有弄跟沒弄一樣……」

「我聽不太懂，不過辛苦妳了……抱歉。」

隨意聽完淺蔥那些對外行人來說意義不明的術語，古城受到罪惡感苛責。沒想到昨天事故造成的損害，會波及到這麼近的地方。

淺蔥納悶地望著悄然陷入沮喪的古城。

「你幹嘛道歉啊？」

「呃，沒有……沒為什麼。總之當作全體島民都被妳救了一命。」

「沒……沒那麼誇張啦。」

淺蔥略顯害臊似的，回答得比較急，然後露出平時那副賊笑的表情提議：

「不過呢，假如你這樣想，就用實質的方式感謝我吧。基石之門的餐廳，正好有蛋糕吃到飽的優惠喔。」

「哎，之後吧。等我解決暑假作業再考慮。」

古城試著將話題敷衍過去。基石之門位於四座人工島的相連處——如同名稱所示，那是蓋在基底核心地帶的巨大建築物，同時也是高級品牌及專營店群集的全島第一時尚中心。開在那種地方的餐廳，價位肯定高貴不凡。

「作業是嗎？」

淺蔥托著腮，刻意用興趣缺缺的語氣嘀咕。不知為何，她不停用眼角餘光瞄著古城。

「說……說到這個，我忽然想到……那之後你怎麼了？」

「那之後？」

「就昨天嘛，你不是和女生一起在車站嗎？記得她是凪沙的同學對不對？雖然也沒什麼重要的啦。」

「喔。」

說來是有這麼回事——古城如此回想。由於那之後發生的風波太過驚心，感覺倒像很久以前的往事。

「呃，那之後我就照常回家啦。」

「這……這樣啊？」

「因為我只是幫忙提她買的東西而已。」

「是喔。唔……原來是這樣。」

淺蔥神情開懷地抬起臉。

這時教室的角落微微傳出「噢噢」的哄鬧聲。聚集在教室角落的幾個男生，正圍著一支手機聊得相當起勁。

「他們鬧哄哄的在幹嘛？」

彷彿看的是擺在車站廁所的可疑物品般，古城望向處於興奮狀態的同學。

而淺蔥叫住了正好經過旁邊的朋友築島倫。

「欸，阿倫。那些男生聊什麼聊得那麼起勁？」

「喔，那群人啊？聽起來好像是國中部有女生轉學過來喔。」

築島倫是這個班上的班級股長，是個身材修長出色的穩重學生。話雖然少又稍嫌辛辣，不過喜歡她這點的男生意外地多。在高中部男生之間，她榮登「快來踩我女生排行榜」的第一名寶座，據說當事人知道投票結果以後，受了些不明顯的打擊。

「國中部的轉學生……？」

古城皺著臉低喃。真受不了——如此表示的倫，傻眼地望著圍成一圈的男生。

「有風聲傳出來，說那個女生非常可愛。所以他們就命令社團的學弟拍照傳到手機。」

淺蔥的眉頭擠出皺紋，還把臉湊向古城。

「欸，他們聊的轉學生，該不會是凪沙班上那一個吧？」

「對啊。八成沒錯。」

古城跟著用苦瓜臉點頭。話題的中心人物肯定就是雪菜。

看著古城和淺蔥互動，看似感到有些意思的倫開口：

「曉不用過去看嗎？」

她用冷靜的口氣問道。

「呃，我不太需要。」

古城隨口回答以後，點頭稱是的倫又說：

「就是啊。你有淺蔥在嘛。」

「咦？」

古城訝異得抬起臉。他和就在身邊的淺蔥對上目光，兩人慌張地同時拉開距離。

儘管紅著臉，淺蔥還是故作鎮定地仰望著倫反駁：

「阿倫妳又來了，動不動就說這種話……我和古城不是妳想的那樣啦。單純只是從國中時認識到現在的朋友，對不對？」

「對……對啊。淺蔥常常跟矢瀨一起行動，自然而然就和我熟了。」

古城也淡然道出真相。聽了這些話，倫露出莫名遺憾的表情說：

「那麼，你們今年夏天也沒有進展啊？聽說矢瀨和年紀比他大的女朋友，交往得滿順利的耶。」

「因為矢瀨他那個學姊也有點怪怪的啊。」

拿我們相提並論可就頭大了。古城試著不著痕跡地強調。

別看矢瀨那樣，事實上他的確有女朋友。剛升高中的四月，他對比自己大兩屆的三年級學姊一見鍾情。在矢瀨反覆發動有如愛情喜劇的熱烈追求後，到了暑假前夕，他總算如願以償地和對方進入交往階段。

對耶——倫如此附和以後，還是用若有深意的表情望著古城。

「確實我也覺得那個學姊怪怪的。不過，也許她才不想被你說成怪人呢。古城還不是給人一種感覺，好像私底下藏著什麼滿有意思的祕密耶。」

「我不懂妳的意思啦，築島。」

倫看著賭氣般裝蒜的古城，瞇著眼睛呵呵笑出聲。

她的祖父是有名的魔族生態學者。也許因為如此，倫也對魔族的特徵相當清楚，不時還會出現一些舉動，彷彿已經察覺古城並非普通人。

話雖如此，倫並沒有敵視古城，而且好像也無意藉此滋事。給人的印象，純粹就是尋開心地觀察古城而已。因為在這座紘神市，魔族的存在比外國人還要稀鬆平常，也造成不了多大的話題。

彩海學園裡就有幾名魔族學生，他們也不會受到特別對待。反而是轉學到國中部的美少女，才更加受到注目。

說是這麼說，倘若倫和其他人知道古城的真面目是第四真祖，還是免不了大吃一驚吧。

「對了，古城。昨天提過的世界史報告我帶來了，你要看嗎？」

不知不覺變得心情絕佳的淺蔥，從包包裡拿出了一疊影印紙。古城立即點點頭。

「噢，當然要。」

「基石之門的蛋糕吃到飽～」

「唔……知道啦……」

古城心如刀割地點頭。與其擔心荷包之後的厚度，他決定先顧眼前的作業。

面帶笑容的淺蔥一邊哄著古城一邊準備將影印紙交給他——

「哎呀？那月美眉，怎麼了嗎？」

這時候，倫低聲問了一句。離班會的時間還早，不過穿著漆黑悶熱禮服的班導師卻已經表情不悅地進了教室。

「曉古城，在嗎？」

看起來只像女童的嬌小犀利班導師，氣勢洶洶地站在教室門口喚著古城。古城有不好的預感，同時還是慢吞吞地舉起手。

「……什麼事？」

「午休到學生指導室。有話要談。」

那月冷冷把話撇下。附帶一提，她今天的服裝是哥德蘿莉風格的迷你裙禮服，搭配白黑相間的條紋襪。雖然悶熱度依舊全開，這在她平時的服裝當中，已經算是挺涼爽的款式。

那月的狠勁裡甚至散發出冷冷殺氣，古城對此略感膽寒。

「咦？奇怪？記得妳說過，英文作業可以在下禮拜第一堂課交……」

「還有，把國中部的轉學生一起帶來。」

「帶姬柊過去……？為什麼？」

古城的嗓音在無意識中變調。

傳聞中的轉學生名字意外出現，學生之間一陣心驚，動搖的情緒擴散。在靜下來的教室裡，那月聚學生們的目光於一身。

「因為昨天晚上的事。這樣說你懂吧？」

「呃，不……我不清楚妳是指什麼……」

「裝蒜也沒用。從深夜的電玩中心逃走以後，你們兩個到早上的這段時間做了什麼，我要聽你們從實招來。」

那月單方面講完這些話，不等古城回答就走了。只留下渾身冷汗的古城，以及殺氣騰騰瞪著他的男同學們。接著——

「曉……剛才那番話是怎麼回事？你可不可以說明清楚？」

高個子的倫笑咪咪地俯視坐在位子上的古城。平時她很文靜，但是這種時候就顯得魄力驚人。

「築……築島，咦？淺蔥呢？」

古城忍不住轉頭求援。可是，應該坐在眼前的淺蔥，身影早在不知不覺中消失了。

「找淺蔥的話，她在那。」

倫面無表情地指向教室後面。

淺蔥不知道為什麼站在垃圾桶旁邊，正專心地撕著手上的成疊紙張。

古城發現那些變成碎片的紙是什麼，倒抽了一口氣。

「等……等等，那些該不會就是我要的世界史報告……」

淺蔥給了慌忙起身的古城蘊藏靜靜怒氣的白眼，然後仍舊不發一語——

「哼。」

粗魯哼聲以後，把撕完的紙全丟進垃圾桶。

3

午休一到，古城立刻從教室抽身，到教職員室前面的走廊和雪菜會合。

上完上午的課，他已經累得要死，不過雪菜看起來也一副虛脫的樣子，甚至連那個吉他盒都忘了帶來。雖然從古城班上同學的興奮模樣大致就能想像，但受到全校注目的她八成也很辛苦。

雪菜沒有手機，因此古城找她是透過凪沙。

全虧如此，他們還被凪沙問東問西糾纏不休，這也是他們消耗體力的原因之一。

不管過程如何，古城他們總算抵達學生指導室了。

敲門進去以後，那月已經先坐在沙發上等著他們。

「曉，你來了啊。」

那月擺架子似的翹腳仰身說道。而她注意到站在古城背後的雪菜，便揚起嘴角呵呵笑。

「妳就是岬班上的轉學生？」

「是的……我是國中部三年級的姬柊。」

那月美麗如人偶的身影讓雪菜一瞬間說不出話，但她還是語氣莊重地如此答話。那月用威嚴十足的態度，一臉滿意地端詳著雪菜。

「歡迎來到彩海學園，喜見妳加入。若妳可以不額外生事，更是格外歡迎。」

「是……是的。」

雪菜回話的態度會顯得生硬，應該是因為她想起自己昨天就惹出了最大級的問題，導致倉庫街半毀，損害總額五百億圓。嚴重程度已非讓班導師約談就能了事。然後——

「好了，你們兩個，都知道東嶼昨天發生規模浩大的事故吧？」

「是……是啊。那當然。」

面對那月直指核心的質問，古城坐立難安地點頭。制服襯衫黏在盜汗濡濕的背上，讓他相當難受。

「其實，在現場附近似乎抓到了一隻『舊世代』的吸血鬼。聽說是有人匿名通報，消防署才會得知他身受重傷瀕臨死亡。雖然這件事好像還瞞著媒體。你們兩個心裡有沒有底？」

古城猛搖頭。而在他的旁邊，雪菜僵硬得好比雕像。

「那個『舊世代』表面上是貿易公司的業務員，但警察似乎從之前就懷疑他是走私集團的幹部。看來昨天那條倉庫街就是他們常用來交易的地點。雖然他說集團底層的小角色對交易對象什麼的都不清楚就是了。」

「……是喔。」

古城一臉警戒地看著那月。這份情報多少令人感興趣，但他不明白那月告訴他們這些的用意。

「在爆炸事故發生稍早以前，那一帶被目擊到有眷獸大鬧。換句話說，這表示以瀕死狀態被發現的男子，原本正在與什麼人戰鬥。能夠將『舊世代』吸血鬼逼到半死半活的敵人，我認為那傢伙極有可能牽涉到爆炸事故……那會是什麼人呢？」

「誰……誰知道。」

古城做作地偏過頭，同時想起那個叫做奧斯塔赫，來自洛坦陵奇亞的殲教師，以及他帶在身邊的人工生命體。他們到底是什麼人？又為了什麼要引發那場戰鬥？這對古城他們來說一樣是謎團。

那月尋開心似的看著古城他們的反應，同時用若無其事的口氣繼續說道：

「唔……說到這個，其實在這座島上發現瀕死的吸血鬼，昨天可不是第一次。」

「咦……？」

「在最近兩個月之間，光是警察掌握到的類似事件，差不多就有六起。這次的算進去就是第七起。『舊世代』被捲入事件倒還是頭一回。」

那月說著粗魯地把厚厚一疊資料甩在桌上。

古城完全不想知道她是怎麼弄來的，但那些似乎是警察搜查資料的影本。資料上面貼著將街道監視器影像放大後的粗畫質照片。

「欸……那月美眉，這個是？」

古城看著照片上的兩名男子，板起臉來。被叫做美眉的犀利班導師，則是一臉不悅地瞪著他。

「那是之前受到攻擊的魔族名單，照片上拍到的是第六起事件的受害者。他們被發現好像是在兩天前……你認識他們嗎？曉古城？」

「不，我並不認識他們。不過……」

古城表情苦澀地歪了嘴，並且偷看旁邊的雪菜臉龐。雪菜面色慘白，沉默地握緊拳頭。

照片上拍到的，是獸人與吸血鬼的兩人組。他們就是古城和雪菜初次見面那天打算跟雪菜搭訕，卻被她一掌打飛的那兩個人。

從古城面前逃走以後，他們受到別人攻擊而身負瀕死的重傷。

假如那與昨晚倉庫街的戰鬥不無關係，襲擊他們兩個的兇手，很有可能就是獵教師那伙人。無論真相為何，古城他們都在不知情的狀況下，深深牽連進這起事件了。

「這些人……變成怎麼樣了？」

「住院中。聽說是撿回了一條命，但目前還沒恢復意識。面對強就強在生命力的獸人，還有不老不死的吸血鬼，倒不知道犯人是怎麼辦到的。」

那月看著眼神嚴峻的古城，優雅地托腮。

「叫你們來，這就是原因。」

「咦？」

「雖然不明白犯人的目的，但這個隨意找魔族下手的犯人現在還沒落網。換句話說，曉古城，你也有可能遭受攻擊。」

「對……對喔，是這樣沒錯。」

由於古城自己沒有身為吸血鬼的自覺，在那月提醒之前都沒發現，不過狀況確實如她所說。奧斯塔赫已經知道古城就是第四真祖。假如他們的目的是隨意襲擊魔族，就算古城下次被找上也不奇怪。

實際上，在古城等人遇到奧斯塔赫之際，他的確就講過——

現在還不是和真祖交手的時機。

「針對企業養的魔族和其血族，警訊似乎已經傳開，要他們小心狩獵魔族的犯人。你八成不認識那種上流分子，所以由我代為警告，你可要感激。」

「是喔。那真感謝。」

「所以，在這起事件解決以前，像昨天那種夜遊你們可要節制點。」

「喔，好……」

那月的語氣太過自然，古城差點不自覺就點頭答應了。然而在點頭前一刻，他察覺到雪菜責備般的視線，才回過神改口：

「沒……沒有啦。妳說的夜遊，我不懂是什麼意思。」

「……哼，也罷。總之我警告過囉。」

那月一臉無趣地說著，然後揮了揮手，意思似乎是「出去吧」，要趕古城他們走。

於是古城和雪菜起身，準備照吩咐離開學生指導室。

「啊，對了。那邊那個國中生，妳等等。」

此時，那月忽然叫住雪菜。

「咦？」雪菜回頭看向那月，彷彿帶有戒心。

那月從黑色禮服的胸口掏出某樣東西，然後輕輕拋給雪菜。

那是個一手就能掌握的小小幸運玩偶。雪菜反射性接住，並不自覺地叫出了那個玩偶的名字。

「……貓又又……」

那月仰望著愕然掩嘴的雪菜，自信地笑著說：

「妳有東西掉了。這是妳的對吧？」

對於那月的質問，雪菜什麼都答不了。在意義不明的緊張感中，那月與雪菜互瞪，古城則顯得不知所措地望著她們。

接著，雪菜靜靜致意後就離開了。

那月莫名愉快地望著雪菜的背影直到最後。

4

「南宮老師果然都知道。」

雪菜走在穿廊一隅，避人耳目地說道。她格外開心地望著從那月手上收到的玩偶，模樣看起來真的就像普通的國中女生。

「我想也是……把那個玩偶留在現場算是敗筆。」

古城神情嚴肅地回答。他本來以為昨天晚上逃得很高明，但在那月面前，似乎還是從最初就露餡了。又被那個班導師抓到了一個把柄——古城略顯喪氣地想著。看著他的雪菜則有些受不了地發出嘆息。

「不對，我指的不是這個。我是指昨天晚上和我們交戰的對手。」

「咦？妳是說那個叫奧斯塔赫的大叔？」

「是的。還包括那個屬於人工生命體的女孩子……這表示警察之前就知道，他們在進行類似狩獵魔族的勾當。」

「對喔……八成沒錯。而且聽她的說法，市內的登錄魔族好像也收到警訊了。」

想起那月帶著的照片，古城點頭附和。有拍到魔族遭受襲擊的影片，可見監視攝影器就算拍到了奧斯塔赫他們的身影也不奇怪。警察恐怕知道那伙人的存在才對。

「可是，我想警方還沒有連他們的底細都掌握到。」

「底細？」

「就是犯人是來自洛坦陵奇亞的殲教師這一點。」

「對喔……她也說過，受到攻擊的那些人傷重得意識不清……」

「是啊。目前和他們直接交手過還能全身而退的，只有我們而已。」

雪菜冷靜地指出重點。那時奧斯塔赫會輕易報出自身頭銜，是因為他有自信能當場打倒雪菜。考慮到那個叫亞絲塔露蒂的少女的戰鬥能力，就不能斷言他是自信過度。可是從結果來看，由於古城中途闖入戰局，雪菜平安歸來。對他們來說這應該是一大失算。

「為什麼妳剛才不和那月美眉提這一點？別看她那樣，那個人也持有攻魔師資格耶。而且在警察那邊的人面好像也很廣。」

「學長……你是認真的嗎？」

「咦？」

古城遭雪菜白眼，感到疑惑。他好像莫名其妙惹火對方了。

「攻魔師資格我也有喔。為什麼獅子王機關的人非得向警察求救不可？」

「呃，也沒有為什麼啦。」

古城想起，這麼說來，雪菜提過獅子王機關和警察的關係並不好。她和那月互動時會有一股奇妙的緊張感，也許這就是原因。

真是的——如此抱怨的雪菜嘆道：

「假如是普通的行人遇襲事件，那就屬於警方的工作，但若牽涉到洛坦陵奇亞正教，而且還有殲教師等級的人士出現，那活脫脫就是國際魔導犯罪了。要歸獅子王機關來管轄。」

「這……這樣喔。所以不是單純的地盤意識囉？」

「當然了。還有，學長你忘記了嗎？」

「咦？忘記什麼？」

「學長的正當防衛，會不會受到認同這部分。」

「對喔……妳說過我沒有證據嘛。光靠妳作證還不夠……啊。」

古城到這個時候才終於察覺雪菜的用意。

「姬柊，妳該不會……」

「沒錯。對方是能耐足以打倒『舊世代』吸血鬼的隨機魔族襲擊犯。其危險性任何人都能分辨，所以只要我們能證明之前曾受到他們襲擊，學長的罪行大概就有辦法開脫。畢竟再怎麼說，學長姑且也是真祖。」

「簡單說，抓到那個殲教師大叔就行了嗎……？」

古城無奈地嘆氣。只要抓到奧斯塔赫，古城的罪就能一筆勾銷。反過來講，這表示古城在抓到他們之前，都不能依靠警察。

要是向警察說明昨晚的事情，在那個當下，古城很有可能受到拘留而無法自由行動。如此一來，連他身為吸血鬼這一點，都會在凪沙面前穿幫。

「而且靠警察的裝備，到頭來還是不可能對抗得了那個洛坦陵奇亞的殲教師。我覺得只會造成無謂的犧牲。」

擁有七式突擊降魔機槍這張王牌的雪菜，淡然而不傲慢地說道。她那種語氣，只是用攻魔師的身分冷靜地宣布了自己分析的事實。

古城百般厭煩地瞇起單眼。

「結論是如果我們不比警察先找出那個大叔，就走投無路了嗎？」

「我認為並非不可能辦到。畢竟只有我們知道，犯人是洛坦陵奇亞的殲教師這項情報。再說對方的外表特徵明顯，能躲的地方應該有限。」

「哎，要是有那種人在街上晃……的確很醒目。」

說的也對——古城如此表示認同。

帶著半裸少女四處遊蕩，身高近兩公尺的中年男性。光這樣就已經接近犯罪行為了。照理說隨時遭人通報也都不奇怪。

「其實想到有必要，我趁早上就去調了資料。」

「資料？」

「這座島上的西歐教會設施一覽表。」

雪菜從口袋取出記事簿——畫著貓又又的俏皮款式記事簿。不過上面記載的，是一行行乏趣的教會名稱和地址。

「洛坦陵奇亞正教的教會有一座，其他門派的設施則有七座。他們肯定和協助者一起躲在這其中的某個地方。」

「……是這樣嗎？」

古城嘀咕。

雪菜訝異得眨眼。也許她沒想過自己會遭到反駁。

「我有哪裡弄錯了嗎？」

「呃，也不是這樣。我只是覺得，想得這麼單純可以嗎？」

「啊？」

雪菜有些賭氣似的噘起嘴。古城則皺著臉解釋：

「沒有啦，就算不清楚洛坦陵奇亞這項資訊，我覺得從大叔他們的打扮應該就可以知道吧？還有，從他披著法袍這一點也認得出。」

「有道理……或許就像學長說的……」

「既然這樣，警察也會先從西歐教會開始調查吧？」

「啊……」

雪菜微微屏住氣息，略顯混亂地搖著頭。

「可……可是照學長這麼說，他們現在會躲在哪裡？」

「這個嘛……呃，比如像外資企業吧？」

大白天就有奧斯塔赫這種人徘徊也不會令人起疑的場所。從這去思考，古城試著把最先想到的可能說出口。

「是嗎？」

「呃，也不會因為他是殲教師就不能待在教會以外的地方吧。根本來說，我們連那個大叔是不是貨真價實的殲教師都無法確定。也許他只是冒名的而已啊。」

「原……原來如此。」

儘管表情困惑，雪菜仍坦然接受古城的說法。

戰鬥能力再高，她終究是缺乏經驗的見習攻魔師。正由於她的性格本來就老實，也許並不擅長分辨他人出於惡意散布的假情報。

「話雖如此，我想他們那副模樣也不是任何地方都能躲，其中應該有某種布局。洛坦陵奇亞人在自國人當中最不會遭到起疑，比如洛坦陵奇亞的大使館……哎，儘管市內沒有那種機構就是了。」

「還有像……總公司設在洛坦陵奇亞的企業？」

雪菜怯生生問道。

「對，就像這個。例如這種地方。」

古城不負責地點點頭。他覺得道理說得通，但這是毫無根據的靈光一現。如果被問到是否絕不會出錯，他沒有自信。

不過雪菜表情認真地沉思，隨後又開口：

「學長……你好厲害。」

「咦？」

「我嚇到了。沒想到學長竟然能分析得這麼有條理。」

雪菜眼神發亮，仰望古城。古城忍不住將臉從她眩目的視線別開。

「是……是喔，雖然我覺得好像沒怎麼被誇獎到……」

「不過，要調查絃神市內的企業行號把總公司設在哪，該怎麼做呢？」

雪菜立刻恢復認真的表情。

「妳問這個我就答不出來了……人工島管理公社應該有全部企業的資料，可是那些八成不會向普通人透露……」

不對。古城想到某一點，如此嘀咕：

「人工島管理公社啊……」

在他腦海裡浮現的，是某個同學的熟悉身影。

5

午休結束前一刻。氣喘吁吁地回到教室的古城，衝到淺蔥的座位。

發生了早上那件事以後，不知道為什麼，淺蔥毫不掩飾自己的不悅，但察覺到古城前所未有的認真神情，她不情願地抬起頭，似乎姑且願意聽古城講話。

「──洛坦陵奇亞國籍的企業？為什麼你想知道那種事？」

聽完古城頗不得要領的說明，淺蔥納悶地反問。

「呃，要問為什麼嘛……倒也沒有多了不起的用途啦。」

我們要找隨機魔族襲擊事件的犯人──說不出這些，古城變得吞吞吐吐。淺蔥惱火地瞪著態度不乾脆的古城。

「你總不會……是被那個叫姬柊的女生拜託吧？」

「咦？不是啦，哪有那種事。不是不是。」

「…………」

「我說真的，不是。嗯，我是為了暑假作業的自由研究才要調查。是關於洛坦陵奇亞的研究。」

「啥?自由研究?」

有那種作業嗎?疑惑的淺蔥歪了頭。不過古城有翹課狂的毛病,被指派大量的額外作業也是事實。淺蔥似乎決定放棄進一步追究,拿出了智慧型手機。她嘆著氣啟動電源。

「拿你沒辦法。好啦好啦,我幫你查。」

「嗯。謝謝妳,淺蔥。」

「我說過囉,感謝要用具體方式表達。洛坦陵奇亞的企業嗎……沒有喔,島上沒有那種公司。」

淺蔥用宛如一流鋼琴師的指法敲著外接式鍵盤,輕而易舉地將機密情報調出來示人。古城對她的回答感到疑惑。

「沒有?一間都沒有嗎?」

「和洛坦陵奇亞的企業作生意,或者簽下代理合約的公司是有幾間,不過在裡面工作的全是日本人。基本上,歐洲資本的企業沒理由在絃神島設分公司吧?畢竟歐洲也有魔族特區,而且近年日幣升值,他們幾乎都撤走了吧?」

「……撤走了?」

古城腦中靈光乍現。奧斯塔赫要躲,企業也不一定得在營運狀態。倒不如說,沒有營運反而方便。

「這樣啊……淺蔥，已經撤走的公司能不能查到？可以的話，最好是歇業以後辦公室還保持原樣的那種。」

「嗯～～假如是過去五年內，我記得好像會有記錄……」

淺蔥再次操作鍵盤。這次她稍微讓古城等了一會兒，過濾情報似乎需要時間。接著畫面轉換，瑣碎的資料將畫面占滿。

「查到了，雖然只有一項。斯凱爾特製藥的研究所，總公司在洛坦陵奇亞，主要研究內容是利用人工生命體實驗新藥。兩年前研究所關門，現在好像變成債權人的抵押房產了。」

「……就是那裡，淺蔥！地點在哪？」

古城挺出上半身，探頭看向智慧型手機的畫面。被他別無惡意地貼近距離，淺蔥微微紅著臉說：

「呃，在北嶼的第二層B區，就是企業的研究所街囉。」

「我知道了。謝啦。」

古城撇開淺蔥似的轉過身。

淺蔥連忙叫住想直接離開教室的古城。

「等……等一下，古城？你想去哪裡？」

「我有急事要出去一趟！」

「啥！你說什麼啊！下午的課要怎麼辦！」

「幫我想個好理由瞞過去，拜託！」

雙手合十宛如拜拜的古城說完這句話，接著就離開教室了。淺蔥發現雪菜在走廊上等古城過去，一腳踹開椅子，起身說道：

「唔……喂！你這算什麼啊！我真的會殺了你喔！白痴——！」

淺蔥朝走廊大罵，害怕被遷怒的同學們連忙別開視線。關愛地守候著事情發展的矢瀨，表情彷彿說著，終究還是不歡而散嗎？而擔任班級股長的築島倫，則是沒讓任何人發現地悄悄嘆了氣。

6

北嶼——絃神島北區的研究所街，各企業的研究所一排排建在這裡。在島內最富人工島氣息的未來風街道一角，留有那座研究所的故址。

四層樓的大樓，形狀幾乎接近長方體。

或許是為了保護機密，窗戶設置得很少，因此也不太會感覺到門窗緊閉的閉塞感。罪犯要找據點，這裡可說是渾然天成的環境。

「那就是那間製藥公司的研究所嗎？」

雪菜從行道樹的死角探出頭，面帶戒心問道。大概吧——靠不住的古城點點頭。

「母公司撤離以後，研究所似乎關閉了，但聽說是整棟建築被拿去抵押，所以我想裡面的設備都還保持原樣。人工生命體的調整設備也是。」

「人工生命體的調整設備……以條件來說完全合適呢。」

雪菜一臉認真地低語。

人工生命體，是運用生化技術創造出的生命體總稱。

它們與合成生物（Chimera）的決定性差異，是連基因單位都徹底在人為操作下設計而成，儘管技術性難度高，設計的自由度也相對較大。

原始的人工生命體製造法，據傳在十六世紀就已確立。為了創造廉價的勞動力，或令其成為人類的良好伴侶，這類研究長年來在各式各樣的人手下持續進行著。

不過就結果而言，人工生命體在大眾之間並沒有廣泛普及。

據說主要的理由有兩項。

其一是倫理方面的問題。

創造生命是人類踏進神，亦即造物主領域的行為，對此以宗教界為中心，曾存在根深蒂固的反彈聲浪。此外是否該承認創造出的人工生命體人權，就這點也持續有激烈的爭論，至今仍未導出結論。

而另外一項，則單純是製造成本的問題。

要當成勞動力運用也好，要當成士兵投入戰場也罷，人工生命體的製造方法過於細膩，而且也太花費用。透過複製技術使用真正的人類，反而壓倒性便宜省事。

因此，據說目前幾乎沒有人製造人工生命體，研究的科學家也大幅減少了。

但即使是現在，人工生命體仍有一項研究興盛的領域屬於例外。那就是應用人工生命體技術進行醫藥開發。可以人為改變基因構造的人工生命體，最適合用於新藥的臨床實驗或免疫抗體的研究，而在讓醫學進步的大義名分下，也能使倫理方面的批判沉靜到某個程度。為此幾乎所有製藥公司大廠，在自己公司內都擁有製造、研究人工生命體的設備。

這座斯凱爾特製藥的研究所，過去好像也是這樣的醫藥品研究設施之一。

「──從這裡果然看不出裡面的狀況。」

雪菜說著擱下揹著的吉他盒。她俐落地抽出銀色長槍，並展開槍尖的鋒刃。

「我進去調查，請學長在這邊等。」

「咦？等一下，姬柊。難道妳想獨自進去？」

「對啊。我是這麼打算。」

這是當然的吧？雪菜仰望著古城，眼裡彷彿透露出這樣的訊息。

「為什麼！」

古城訝異得瞠目結舌，雪菜卻無奈地搖頭嘆了氣。

「學長一起去能做什麼呢？去了只會礙事而已，請你安分一點。」

「不對吧，說我礙事……萬一在裡面遇到那個大叔怎麼辦？妳要一個人跟他打嗎？」

「當然了。我才想問學長，你跟著我去是打算做什麼？」

「不要把我講得像是在打下流的主意。」

古城口氣不悅。然而，他和累積修行當上攻魔師的雪菜不同，只是個獲得吸血鬼能力的門外漢。即使被稱作第四真祖，實際上古城連一匹眷獸都無法自由使喚。這樣就算被嫌礙事，也怨不得人。

「根本來說，學長身為吸血鬼能辦到什麼？照理說你不會用眷獸，而且好像也不會飛，看起來更辦不到化身成霧的伎倆。」

「有……有那種特殊能力的，在吸血鬼當中也只有一小撮吧？又不代表我特別無能。」

「學長的力氣確實還算出色，不過身手就完全外行，在實戰派不上用場。注意力又很散漫，個性也不沉著。」

「唔……呃……」

「要是聽懂了，真的拜託你安分一點喔。千萬別做多餘的事情。」

雪菜的語氣絲毫不留餘地。

儘管說的話內容尖銳，其中應該也沒有刻意的惡意。倒不如說，以她而言只是做了理所當然的指正，就為了不讓古城遭遇危險。

「可是我擔心妳啊！」

焦躁的古城粗魯說道。

這句話讓雪菜睜圓了眼睛。她的臉頰泛上紅暈。

「學……學長在說什麼啊？讓人擔心的是你！要是在這種大街上，像昨天一樣讓眷獸失控，你以為會造成多少損害？」

「的確也是，但把所有危險推到妳身上，還是很奇怪吧？我就是不滿意這點。基本上這次的事件和我又不是沒有關係。」

古城目光毅然地望著雪菜。受他那股氣勢壓迫，雪菜沉默下來。

「我……我明白了。學長說的確實也有道理。」

咳。輕輕咳了一聲以後，雪菜擺出認真臉孔。就是嘛——古城也點頭認同。

「既然學長也有可能成為吸血鬼獵人的對象，的確就不是毫無關聯。」

「結果妳說有道理，是指這部分啊？」

「根本來說，我原本的任務就是監視學長，所以不應該把眼光移開才對。我們盡可能一起行動吧。只不過，要是遇見殲教師他們——」

「嗯，我會立刻逃去安全的地方。反正我也不想成為妳的負擔。」

「好的。麻煩你了。」

雪菜用慨嘆般的語氣說完以後，不知為何又默默抬頭望著古城。接著她略顯躊躇，用勉強能聽見的低微音量說：

「呃，學長……」

「嗯？」

「非常感謝你。」

「唔？感謝什麼？」

古城納悶地回問。不過雪菜只是靜靜地微笑，搖了搖頭。

「沒有，沒什麼。我們走吧。」

彷彿要斬斷迷惘似的，她將長槍颯然一揮，朝建築物的方向動身。

7

儘管理所當然，關閉的研究所上了鎖。設置落地窗的正面玄關自然不消說，側門也被粗鐵鍊及鎖頭牢牢封鎖。

便宜的鎖頭生了紅鏽，顯示出這裡長久無人使用。

「難道大叔那伙人沒有躲在這裡……？」

古城語氣失望。

光從外觀看來，這棟建築物沒有其他出入口，構造上也不屬於可以從樓頂或地下進出的建築。人工生命體少女倒還難講，奧斯塔赫的體格八成不可能從通風口之類的地方進入。

假若如此，就表示古城等人認為他們把這裡當據點是押錯寶了。不過，雪菜卻看似滿意地呵了一聲。

「不，學長，我們來對了。」

她突然用銀槍刺進側門的門板。

瞬時間，尖銳的高頻聲音「鏗」的響起，兩人眼前傳出玻璃碎散般的動靜。原本該綑在側門的鐵鍊和鎖頭消失，門板緩緩打開了。

「姬柊？這是……？」

「初階的幻術。學長……碰到這種程度的魔法就上當，沒有資格當真祖喔。」

雪菜受不了似的嘆氣。古城沉默不語。我才不屑那種資格啦──他找藉口似的，試著在心裡如此嘀咕。

建築物裡陰暗無光。但雪菜依然往內部前進，顯得毫無窒礙。

看來在陰暗中，她的眼睛和身為吸血鬼的古城差不多靈光。或者說，也許這同樣屬於被雪菜稱為「靈視」的劍巫特殊技能。

的確，能力高超至此，雪菜認為古城會礙事的那種心情，感覺是可以理解。

只不過，那種想法使古城沒理由地感到不安。儘管他身為吸血鬼相當無能是事實，但就算撇開這不提，古城覺得雪菜未免太過優秀了。

雪菜的戰鬥能力及知識量，讓人不覺得那是十四、五歲的少女，可以用「正常方式」學到的。

「…………」

古城茫然間邊走邊想著這些，結果走在前面的雪菜忽然停下腳步。古城不小心撞上她，招來她沉默地一瞪。

「怎麼了，姬柊？」

「學長，這裡是……」

雪菜指向開展於眼前的光景。

那是個天花板採挑高設計的寬敞房間，宛若教會的聖堂。

代替彩繪玻璃排列於牆際的，是圓筒型水槽。

水槽直徑各約一公尺，高度則應該不滿兩公尺。左右兩邊共計有二十個左右，擺設得井然有序。

而水槽裡頭，裝滿了混濁的琥珀色溶液。

由採光口探進的光淡淡地照亮溶液，但光景與所謂的美相距甚遠。

在那裡的不過是一間實驗室，遭廢棄的人工生命體調整槽。然而——

「這就叫……人工生命體？它們……是這樣的東西？」

古城仰望著水槽低聲怨道，嗓音因憤怒而微微顫抖。

漂浮在琥珀色溶液當中的，是尺寸有如小狗的眾多奇妙生物。模樣看來像傳說中的魔獸，也像美麗的妖精。不管怎樣，那並非存在於自然界的生物姿態。

「學長……？」

看著古城表露出強烈憤怒，雪菜浮現吃驚的表情。她原本想問對方生氣的理由，後來卻轉身背對他，提槍擺出架勢的身軀則放低重心。

因為雪菜察覺到，有人從水槽死角現身的動靜。

那是一道嬌小身影。藍色頭髮的少女那淡藍色虹膜，不帶情緒地望著將長槍抵向她的雪菜。是那個叫亞絲塔露蒂的人工生命體少女。

「她是……」

察覺到亞絲塔露蒂的存在，古城跟著回頭。雪菜看似猛一回神，隨即伸出左掌擋在古城眼前。

「學長你不可以看！」

「咦？呃，可是……」

「你不可以看，請不要轉過來這邊！」

「姬柊？到底是什麼狀況……？」

隔著雪菜的手掌，古城看到了亞絲塔露蒂的模樣，暗叫一聲：「唔！」

最先闖進視野裡的，是肌膚的剔透白皙。

亞絲塔露蒂腳邊有透明的水珠滴落。身為人工生命體的她似乎剛結束調整從水槽出來。

她身上只披著一塊類似手術衣的輕薄布料。那塊布同樣是溼透的，緊貼著她的肌膚，煽情的模樣近乎全裸。

「學長……」

雪菜瞪了發著愣朝亞絲塔露蒂盯著看的古城。古城則表情緊繃地搖搖頭否認：

「不……不是那樣啦。妳誤會了，姬柊。」

「還有什麼好誤會，受不了……學長真是下流。」

雪菜氣呼呼地嘆了一聲，然後怒火中燒地轉過臉。

然而，面對亞絲塔露蒂從布料底下透出的肌膚，古城卻無法將目光別開。因為她那白得好像透明的肌膚底下，有虹色光影盪漾。

亞絲塔露蒂忽然靜靜開口：

「……警告(Warning)，請立刻離開這裡。」

「咦？」

她那令人略感意外的話，使古城嚇得回過神。其間雪菜已改換握槍的方式，並非保持警戒，而是轉換成能夠先發制人的態勢。

但是亞絲塔露蒂平淡地重覆話語。仍然毫不遮掩的她說：

「再過不久，這座島就會沉沒。請在那之前逃走。盡可能……逃遠……」

「島會……沉沒？這是什麼意思……！」

某種毛骨悚然的感覺竄上背脊，使古城發出低喃。或許是機械性嗓音缺乏抑揚頓挫的關

係，亞絲塔露蒂的話令人坦然相信。身為人工生命體的她，沒理由在這種情況下對古城等人撒謊。

「『這座島浮在龍脈交錯的南海，是須臾空幻之地。若失其要，唯有滅亡一途』……」

「咦？」

人工生命體編織出詩一般的句子，讓雪菜訝異地發出聲音。古城無法理解其中意義，但他們與亞絲塔露蒂的對話中，似乎包含著某些讓雪菜驚訝的情報。

而在亞絲塔露蒂的背後，有一道魁梧的人影緩緩現身。

身穿莊嚴法袍及裝甲強化服的大漢。是洛坦陵奇亞的殲教師，魯道夫·奧斯塔赫。

他冷冷地低頭，看著貌似畏懼地回望自己的人工生命體少女。

「──然也。我等所求的，乃是此地奉為樞要之不朽至寶。而現在，我獲得了一償宿願的力量。獅子王機關的劍巫啊，全是託妳之福。」

奧斯塔赫舉起半月斧鋒刃，對著戒備的雪菜如此說道。

殲教師這段如同謎語般的話，使得雪菜露出困惑的表情。

然而朝他答話的並非雪菜，反倒是古城。

「你說……獲得了力量？難道你指的就是裝進那個女生體內的玩意？」

「學長？」

聽了古城壓抑著怒氣的嗓音，雪菜明顯動搖。

古城來到雪菜前面，眼裡蘊含憤怒地瞪著奧斯塔赫。洛坦陵奇亞的殲教師則是不感興趣地望著這樣的他說道：

「被發現了嗎？就稱讚你一句吧，不愧是第四真祖。但縱使是你，也算不上是我們的敵人了。我等面前沒有阻礙。」

「你開什麼玩笑——！」

古城一喝，撼動了研究所內靜謐的空氣。

「大叔，是你把眷獸移植到那個女生體內的吧——！」

「咦……？」

雪菜聽見古城的怒吼，驚訝地看了亞絲塔露蒂的瘦弱身軀，以及擺在亞絲塔露蒂左右，漂浮於培養槽裡的奇妙生物面貌。

酷似魔獸及妖精，且不應存在這世上的扭曲生物。那不就是讓眷獸寄生於人工生命體所造成的產物嗎——

「正如你所言。」

奧斯塔赫傲然道來：

「唯有吸血鬼才能在本身血液裡操御眷屬之獸。然而，藉著讓捕獲的眷獸在孵化前先行寄生，我便成功創造了體內蘊藏眷獸的人工生命體——雖然成功的案例，只有在這裡的亞絲塔露蒂而已。」

「住口！」

古城打斷主教的話語。

「為什麼除了吸血鬼以外，沒有別的魔族能使役眷獸？這你不會不知道吧！你明知道還幹出這種事嗎——！」

「這是當然了。眷獸於實體化之際，會以驚人速度吞噬宿主的生命。只有具備無限『負面』生命力的吸血鬼，才能畜養它們。你想說的是這些吧？」

「既然這樣，她不就——」

「只要羅德達克杜洛斯還寄宿在身體裡，她所剩的壽命就不會太長，頂多再撐兩個禮拜差不多。即使如此，她仍靠著吞食打倒的魔族，將壽命延長了不少……但是要達成我們的目的，這已經足夠了。」

奧斯塔赫的口氣裡絲毫感受不到苦惱及罪惡感。

古城氣得吭不出聲。

結果代他開口的是雪菜。彷彿畏懼自己的想像，她握緊長槍說：

「吞食……魔族……難道在島上襲擊魔族的，就是……」

「沒錯。理由之一，是為了拿他們的魔力餵眷獸。而另一項理由，是為了完成刻印在亞絲塔露蒂身上的術式……獅子王機關的劍巫啊，與帶著那把槍的妳交手，成就了珍貴傑出的樣本。」

雪菜遭到點名，肩頭一顫。

「為了這種事……就為了這種事情，你才養育她的嗎——？簡直像對待道具一樣！」

奧斯塔赫愉快地望著表露怒火的雪菜。

「劍巫啊，妳為何憤怒？妳不也是獅子王機關一手養大的道具嗎？」

「……這……！」

「用錢買下不被需要的嬰孩，全心全意地灌輸對抗魔族的技術在他們身上，然後送到戰場。簡直像對待用過即丟的道具——這就是獅子王機關的手法吧？劍巫啊，在妳那種年齡想習得那等攻魔之術，妳犧牲了什麼？」

面對奧斯塔赫平靜的針砭，雪菜全身凍結。一語不發緊咬嘴唇的她，臉上血色全失，變得慘白。

「你閉嘴，大叔……」

古城坦護雪菜似的咕噥。然而奧斯塔赫不改表情問道：

「我把作為道具製造出的東西當道具來使用；你們則是把受到神祝福而誕生的人類，貶低成道具。哪一邊才罪孽深重呢？」

「都叫你閉嘴了吧！臭和尚——！」

咆哮的古城全身為青白色雷霆所覆。他握緊的右拳，綻放著眩目雷光。理應是尋常高中生的古城，身影因為散放而出的濃密魔力，看上去好像膨脹了好幾倍。這是古城初次顯露出身為吸血鬼的權柄。他以本身肉體作為媒介，將眷獸的部分魔力化為實體。

「學長……！」

散放出的濃密魔力，使雪菜懾服地低聲驚叫。

舉起戰斧的奧斯塔赫則略顯吃驚地扭曲表情。

「哦，眷獸的魔力與宿主的憤怒正互相呼應嗎……這就是第四真祖的力量。好吧——亞絲塔露蒂！施予他們慈悲。」

「——命令領受。」

遵從創造主，也就是殲教師的命令，人工生命體少女挺身擋在古城面前。

巨大眷獸從她嬌小的身軀浮現出身影，宛如海市蜃樓。

閃耀著虹色光彩的半透明龐然巨體。如今已不只手臂的部分，而是幾乎現出了全身。那是個身高近四、五公尺的巨人。無臉的石頭怪，全身為厚實的肉塊鎧甲所覆。

將自己的宿主納入體內後，人型眷獸發出咆哮。

「妳也不要乖乖聽他的話啊——！」

古城用包覆著雷擊的拳頭，朝那具石頭怪痛毆。

雖然只有外洩出些許，那道雷擊仍是第四真祖的眷獸之力。照理說，威力恐怕要凌駕普通的吸血鬼眷獸。可是——

「不可以，學長！」

目睹那幕光景的瞬間，雪菜不禁喊出聲音。

下一瞬，在閃光籠罩下被彈飛的，反而是古城。

「唔……啊！」

他發出渾濁的慘叫，身體輕如破布飛了出去。

古城揮拳揍向亞絲塔露蒂的眷獸——看似如此的剎那間，驚人爆炸掀湧而上，反將他彈開了近十幾公尺遠。

倒下的古城，全身散發白色蒸氣以及有如肉烤焦的臭味。

彷彿遭到雷擊——他那模樣就像被本身的魔力反噬。

「學長！」

為了保護倒下的古城，雪菜持槍朝亞絲塔露蒂進行突擊。

與雪菜的咒力相呼應，銀色槍尖被青白色閃光包覆。

降魔之聖光，連真祖的眷獸亦能消滅。即使身具任何魔族的權柄，也無法防禦這柄長槍的一擊。無法防禦——理應如此才是。然而，雪菜愕然開口：

「雪霞狼……被擋下了？」

槍身傳來的異樣手感，使雪菜驚嘆。

雪霞狼的鋒刃，只稍稍觸及包裹住亞絲塔露蒂的人型眷獸便停住了。這柄長槍理應能貫穿任何魔族的結界，攻擊卻徹底被攔下。

在上次戰鬥也體會過類似手感，不過雪菜完全理解其中因素了。

亞絲塔露蒂的眷獸「薔薇的指尖」，表面籠罩著和雪霞狼相同的光芒。光輝全然相同的降魔之聖光。

「共鳴……？這種能力是……！」

「沒有錯，劍巫。使魔力無效化，藉此斬裂任何結界的『神格振動波驅動術式』——世界上唯一由獅子王機關成功實用於對付魔族的王牌。參考妳的戰鬥數據，我總算完成了。」

奧斯塔赫看似滿足地笑道。

雪菜的心思強烈動搖，同時仍勉強撐過亞絲塔露蒂的反擊。

奧斯塔赫說過，為了讓未完成的術式完工，他們反覆和魔族交手。

他所追求的就是「神格振動波驅動術式」。令一切出自魔力的攻擊失效，堪稱攻魔戰鬥術式當中的究極祕咒。

然後，他們碰上了雪菜。

獅子王機關的祕藏武器，七式突擊降魔機槍——世界上唯一實用化的神格振動波驅動術式。而雪菜正是將其帶到這座島上的劍巫。

「怎麼會……都是因為我……」

喪失戰意的雪菜，完全被亞絲塔露蒂占了上風。

雖說還未完成，之前亞絲塔露蒂的「神格振動波驅動術式」仍具相當水準，而得到和雪霞狼之間的比較數據以後，這項能力終於臻至完美。完美得足以將第四真祖曉古城的魔力彈回。就結果而言，雪菜的行動等於助其大功告成。

讓奧斯塔赫得到想要的力量，讓古城負傷倒下。全都是雪菜造訪這座絃神島所致——

面對悵然若失的雪菜，奧斯塔赫舉起戰斧。

「別了，小姑娘。獅子王機關的可憐傀儡啊——至少別死於魔族之手，而是死於身為人類的我手下吧。」

「……唔！」

雪菜精神受擾而無法專注，遲了一拍才察覺殲教師的攻擊。等到反應過來時，戰斧的厚實鋒刃已逼近眼前。

發覺自己要閃躲或接下攻擊都不可能，雪菜在一瞬間認了。衝擊撲向雪菜的身體，溫熱血液將她全身染紅。

可是，預料會有的痛楚並未湧上心頭。

相對的，雪菜感受到包裹全身的暖意，以及柔軟靠在身上的重量。

「嘎啊……！」

古城在雪菜耳邊輕輕咳出聲音，嘴裡湧出大量鮮血。

與亞絲塔露蒂交手而身負重傷的古城，主動挺身將雪菜推開，代她受奧斯塔赫的攻擊。

「學……學長……！」

雪菜扶著倒下的古城，嗓音顫抖。

古城的身體異樣地輕。分家的軀體從拚命想將他抱穩的雪菜懷裡滑落。厚實戰斧的一擊，令古城的背骨及肋骨碎裂，更讓軀體化為零散的肉片。

碎骨和著血四散於地。

受創的血管與肌肉被扯斷，發出乾癟聲響。

鮮血狂湧，在雪菜腳邊形成一片血泊。

連著古城頭部與軀體的殘膚，因為承受不住肉體的重量，如薄紙般應聲撕開。只剩他無神地睜著雙眼的首級，還留在雪菜懷裡。

倒在地上的古城身軀，包括背骨、肺、心臟，一切都已經被砍爛，慘不忍睹。

吸血鬼乃不老不死。然而，殲教師的一擊毀掉作為能力根源的心臟，只見寄宿魔力的血枉然流下——

「學長……為什麼……你怎麼會……不要……啊啊啊啊啊啊啊……！」

長槍從雪菜手中鬆脫。她用雙手拚命抱緊只剩頭顱的古城。可是，古城當然沒有回應。

奧斯塔赫面無表情地望著這一幕，放下了戰斧。

也許是判斷雪菜已無力再戰。神格振動波驅動術式大功告成，如今奧斯塔赫沒有理由非與她交手不可。

「走吧，亞絲塔露蒂……我們要奪回至寶。」

「——命令領受。」

被人型眷獸包覆的亞絲塔露蒂，不帶情緒地低聲回應。

眷獸的巨大手臂射出青白色閃光，研究所的外牆隨著爆炸聲崩塌。猛烈爆壓掀起了強風，在飛舞的塵埃及瓦礫之下，雪菜蜷著身體，如聖母般捧著古城的頭顱。

奧斯塔赫動身從打穿的大洞離去。

最後僅有那麼一瞬，聽命於殲教師的無臉石頭怪，望了依然蜷著身子的雪菜一眼。

它那透露出某種悲戚的身影，也彷彿正竭力訴說著「快逃」。

第四章　聖者的右臂

The Right Arm Of The Saint

1

那天放學後，藍羽淺蔥穿著制服來到打工處。

基石之門的地下十二層，人工島管理公社的保安部。

這個戒備森嚴的區塊堪稱絃神島的中樞命脈，不過淺蔥用了專為她準備的管理者級ＩＤ卡，輕輕鬆鬆通過所有閘口。

管理者級的卡片本來並不會配發給市長級別以外的人物，但淺蔥只要認真起來，這種層級的安全保護終究會被她輕易癱瘓。公社理事長知道這一點，就破例發了卡片給她。淺蔥身為程式設計師的才能，卓越得足以得到此類特權。

「喲，小姐，妳看來不高興耶。浪費了那張標緻的臉蛋。」

淺蔥就座並登錄電腦後，輔助人工智慧(AI)故作親暱地與她攀談。

被她取名為「摩怪」的這具人工智慧，是統掌絃神島所有都市機能的五部超級電腦化身而出的形象。就機械的演算能力而言，毋庸置疑是世界頂尖水準，但也有人認為它毛病不少，不容易駕馭。不過它和淺蔥卻莫名合得來。

「煩死了。你這修練成精的鬼玩意，才不配對我說奉承話。」

「咯咯，照我研判是戀愛方面的煩惱吧？真不愧是少女天才程式設計師，就連感情事都會出不一樣的狀況。」

「叫你閉嘴啦。小心我灌病毒進去。」

淺蔥陪著人工智慧拌嘴，著手進行作業。

她今天接到的委託，是昨晚倉庫街爆炸事故的善後工作。維護管理受損的輸電系統及上下水道、重新規劃交通機關的行駛班表、評估復原預算等，有幾百項瑣碎的案件都必須設計出新的專用程式才行。

這項差事即使找來幾十個優秀的程式設計師，也得花上半年，不過要是由淺蔥以及摩怪搭檔處理，大概三天就夠了。

照淺蔥的手腕，大可以挑報酬率更好的工作，不過這份打工能隨意使用世界頂尖水準的超級電腦，她做得也還算中意。

唯一遺憾的是，由於接了這次的委託，她沒空關照古城的作業了。之前撕掉世界史的報告，古城好像有點可憐？她愁緒纏心這麼想著。

可是不管怎麼想，都是古城有錯。而且那男的還在新學期一開始就溜出學校，之後都沒有再回來。

根本不必多做確認，反正他八成是和那個叫姬柊的轉學生在一起。

不過連淺蔥自己也覺得意外的是，她並沒有特別火大。

儘管不愉快的部分還是不愉快，但淺蔥偏偏不覺得，像古城那樣會有膽色翹課和學妹約會。恐怕是有什麼事情才對。

淺蔥會感到心情惡劣，是因為古城不找自己商量那件事，還說了三流的謊話打算瞞她。淺蔥隱約也明白，古城有盡一份心為她著想，可是這反而更讓人不快。

讓她不快的還有另外一點，就是那個叫姬柊雪菜的學妹。

淺蔥的直覺毫無根據，不過古城八成對那種類型的女生缺乏抵抗力。

不太有女人味的毅然風範，以及直話直說的性子。對於國中時代成天打籃球的古城來說，應該會覺得那種體育型氣質的女生很好相處。

況且即使在同性的淺蔥看來，也會認為雪菜有一張無可挑剔的美型臉蛋。儘管古城對異性的外表不太關心，碰上那種等級的對象會不會心動，就實在難說了。

「雖然我覺得比身材並沒有輸……」

或許是埋頭工作的影響，淺蔥不自覺地嘀咕出聲。人工智慧耳尖地起了反應。

「哎，世上男人各有偏好嘛。」

「不用特地理我的自言自語。」

「我是在陪伙伴商量啊。」

「多管閒事。話說，我什麼時候變成你的伙伴了？」

「妳這不坦率的部分，不就是感情受阻的原因嗎？」

「這……這種事不用你說我也知道。可是……！」

淺蔥不禁停下敲鍵盤的手，惱火地挑起眉毛。

就在下一刻，沉沉的震動與衝擊撼動她所待的房間。

淺蔥發出短促的尖叫。漂浮於洋上的浮體構造物絃神島不會有地震。從她移居這座島以來，第一次感受到這種衝擊。

「摩怪，剛剛的是什麼？」

「……這可嚇人了。是入侵者。」

人工智慧感慨般說了。淺蔥詫異地蹙起眉頭。

「入侵者？」

「是啊。對方正在這棟大廈和警備隊交戰。剛才的震動，好像是戰鬥殃及周圍，使一根支柱折斷造成的餘波。」

「你說折斷……騙人的吧？」

變了臉色的淺蔥低聲驚嘆。

這裡並非尋常建築物，而是人工島的地下結構部。設計成能夠承受數千噸質量的主要支柱，就算用炸彈也沒那麼容易就能破壞。

「不只支柱。上部樓層災情挺嚴重的耶。我想這裡姑且還算安全，但是要逃也許沒有辦法。電梯的豎坑也被毀了。」

「意思是我被關在這裡了？」

「逃生梯還有保住，不過我建議現在別用，假如妳不想和入侵者碰個正著的話。警備隊早就瓦解了。」

「瓦解？」

淺蔥愕然回問。這座基石之門裡，即使在平時也有近一百五十名的警備員常駐。難道那些人力全部瓦解了？

「入侵者是什麼人？恐怖攻擊組織？還是夜之帝國的軍隊打來了？」

「不，錯了。並不是那樣……」

口氣格外有人味的人工智慧，回答了設想到魔族發動軍事侵略的淺蔥。

建築物再次因劇烈爆炸而搖晃。

「——入侵者就兩個。普通人類和人工生命體組成的二人組。」

2

基石之門，是位於絃神島中央的巨大複合建築物的名稱。

地面上的十二層樓，在島內最高的建築物，倒金字塔型的英姿，幾乎從島上任何地方抬頭都能看到。

設施裡建有市政廳等公家廳舍，以及眾多旅館與商業機構，於名於實都發揮著島內重鎮的功能。

另一方面，這棟巨大建築還扮演著一個重要的角色。

那就是位於海面下，多達四十層的人工島集中管理設施。

直徑不到兩公里的這棟建築同時身兼連接部，將構成絃神島的四座人工島連接在一起。人工島之間受海流或風浪影響而產生的扭曲及震動，都是由這座基石之門吸收緩衝。假如沒有這部分運作，絃神島的四個地區大概會立刻發生衝撞，或在分解後漂流於洋上。「基要之石」的名稱，與這棟重要設施正好相符。

因此警備也就格外森嚴。

絃神市保有的特區警備隊共三個大隊，隊員超過四百四十人。其中一支大隊便常駐於基石之門擔任警備。其人員當中，還包括組成一個小隊的十六名攻魔官。這人數已能匹敵中規模縣警本部所配署的全部攻魔官。

之所以會投入如此大量的人員，是因為基石之門的警備態勢將大規模恐怖攻擊組織的襲擊考量在內。

就計算來看，即使要對抗夜之帝國獸人兵團的一整支中隊，據說也可以撐過數天。

正是因為如此，這一天，人們陷入驚愕。

驚愕僅僅兩名入侵者，就能打垮這道警備並侵入內部——

他們甚至已經突破海面下第十層的氣密牆，正前往設施中層。

而且入侵者依然連一項要求都無意告知。

「——命令完結（Complete）。已破壞氣密牆的封印。」

裹著眷獸之鎧的人工生命體少女肅然宣告。

她如今的模樣，是一具身穿虹彩鎧甲、身高近四公尺的石頭怪。其巨大指尖觸碰到的那一瞬，守護氣密牆的七層結界便全數遭到破壞。

這是刻印在亞絲塔露蒂體內的神格振動波驅動術式的功效。

和她化為一體的人工眷獸「薔薇的指尖」，能讓所有魔力失去作用，藉此劈開結界。這股能力正是殲教師奧斯塔赫長期所追求之物。

要達成他的悲願，無論如何都需要這股打破結界的力量。

「去吧，亞絲塔露蒂。我們所追求的東西，就在這前面。」

「命令領受。」

亞絲塔露蒂靜靜回答，並且跨過她所破壞的隔牆。

再往前去，直到海面底下二十五樓的中層為止，是屬於人工島管理公社管轄。電力、通訊、淨水設施等都在此進行控管。

只要對這個區塊造成打擊，就能讓絃神島的居民受到嚴重災害。

停止供電對住院患者是致命性問題，在酷熱的絃神島要保存食品也會變得極為不便。這座島是人工島，原本就沒有自然河川，因此要是淨水設施停止運作，人們連飲水都會變得匱乏。即使想離島而去，這裡仍是距本土三百公里遠的洋上，要讓五十六萬居民在短期間全數避難完成，並無可能。

正因如此，這個區塊不時會成為恐怖分子的目標，為了應對其攻擊也有強化警備。

等候著闖進中層的奧斯塔赫一伙人的，是特區警備隊的最強精銳部隊。攻魔班兩個分隊及重裝機動隊一個中隊。

「嗯……以對應緊急狀況來說算是合格。訓練相當有素。」

對準走下通路的奧斯塔赫等人，警備隊同時開火。

他們使用的是對付魔族的咒力彈。要是直接中彈，縱使是奧斯塔赫的裝甲強化服也無法全身而退。他一邊躲在牆際避免直擊一邊用冷靜的嗓音置評。

「不過，這是徒費心力。殲滅他們，亞絲塔露蒂。」

「──命令領受。執行吧，『薔薇的指尖』。」

閃耀著虹色光芒的人型眷獸，朝持續射擊的機動隊員撲了過去。

由其巨軀全然無法想像的敏捷，眷獸隨即用壓倒性力量掃過他們。保護機動隊員們的結界，像玻璃薄片般碎散開來，變得毫無防備的那些人，全都不堪一擊地遭到打飛。

攻魔官們判斷普通的咒力彈沒有效果，便朝亞絲塔露蒂發射弩砲。弩砲是發射小型擲槍用的攻城兵器，但是在其槍尖灌注咒力，就會變成對付魔族的強力武器。由於連對付獸人或吸血鬼都能一擊造成致命傷，使用上甚至受到條約限制。曖曖含光的擲槍以媲美槍彈的速度射向人型眷獸。

隨後，有如雨滴似的被輕易彈開。

無法置信的光景，使攻魔官們愕然停下動作。

唯獨奧斯塔赫平靜地笑著。

只有用更加強大的魔力，才能剋制魔力聚合而成的眷獸。

然而現在的羅德達克杜洛斯，可以讓所有具魔力的攻擊失效，並且反射回去。

已經沒有人能阻止這匹眷獸——以及宿主亞絲塔露蒂，縱使由真祖的眷獸出手也一樣。

攻魔官們仍持續抵抗，但最大的武器失去效果，他們自然不可能有勝算。亞絲塔露蒂的眷獸靠著壓倒性臂力，將那些人盡數殲滅。

連戰鬥也稱不上，恰似單方面的蹂躪。

「嗯。判斷得不錯。」

警備隊大概察覺到了，對亞絲塔露蒂這具人工生命體下令的就是奧斯塔赫。存活下來的幾名攻魔師，開始直接對奧斯塔赫展開攻擊。

「不過，這種拖泥帶水的招式無法打倒我。和那個劍巫姑娘相比，簡直形同兒戲。」

奧斯塔赫露出壯烈笑容，迎戰來襲的對手。

靠著以強化服提升的肌力，他揮舞金屬製的半月斧，將警備部隊的攻魔官們一舉掃平。奧斯塔赫也是強得能在洛坦陵奇亞獲得殲教師頭銜的辟魔師，實力遙遙凌駕於尋常的國家攻魔官。

「——這樣大致都收拾完了吧？」

審視過警備部隊完全沉默，奧斯塔赫冷冷說道。

散落的槍彈及眷獸破壞的痕跡，使成為戰場的樓層面目全非，慘狀有如廢墟。超過六十

人的精銳部隊，全數身負重傷倒地。除了兩名入侵者以外沒有人能動。

不——

離戰場稍有距離的地方，站著一名少女。

她並沒有武裝，只帶著小型筆記型電腦。姿勢不像受過戰鬥訓練的人，也感受不到魔力。既非戰鬥要員也不屬於魔族，僅僅是個普通人類。

少女碰巧過來看看通路的狀況，就碰上了戰鬥——氛圍似乎是如此。

奧斯塔赫望著她害怕的模樣，納悶地皺起臉孔。

因為少女身上的制服，酷似獅子王機關的劍巫穿的衣服。

儘管她們兩人是同伴的可能性不高，為保險起見，應該先癱瘓對方的行為能力——

想到這裡，奧斯塔赫搖搖頭。

沒必要動手。就算那名劍巫事到如今追來，對目前的奧斯塔赫一伙人也不會成為阻礙。

而且，在此奪去少女的性命也沒有意義。

即使置之不理，她遲早也要死。不只她，住在這座島上的所有人都要死。

沒錯。這塊由罪人所造的背約之地——紘神島，再過不久就會沉入海底。

3

曉古城在傍晚的薄暮當中醒了。

微微聽得見海浪聲。他對這裡的景色並沒有印象，但自己似乎在海邊的公園。

也許是躺在水泥地上的關係，手臂擱著會冷，躺起來的感覺卻不算壞。臉頰上傳來怡人的暖意。

「學長……差不多可以請你起來了嗎？」

古城頭上忽然傳來說話聲，是雪菜鬧著彆扭似的嗓音。

「抱歉……再五分鐘。」

如夢似醒的古城老實說出欲求。他捨不得離開彷彿將頭軟軟裹住的暖意。然而——

真是的——聽到頭上有人低聲如此嘆道，古城的臉就被狠狠擰了一把。

「請不要得寸進尺，現在不是做這種事的時候。」

好痛——古城說著不禁睜開眼，才察覺有個少女正從意想不到的近距離俯望自己。

「姬……姬柊？」

「你總算醒了嗎？學長？之前害別人那麼擔心……你還真是好命耶。」

雪菜用不同於平時的挖苦口氣說道。

她的眼睛哭腫了似的變得通紅。

看見那副表情，古城想起之前發生的事。他們在製藥公司的研究所遇上奧斯塔赫那伙人，挺身保護雪菜的古城因此挨了戰斧的攻擊。

強猛得劈開心臟、粉碎軀體的一擊。

哪怕是吸血鬼也無法存活下來的傷勢。

「這樣啊……之前我死了嗎？」

「是的。」

雪菜咬著嘴唇，似乎想起了當時的光景。接著，她又露出泫然欲泣的臉說：

「學長喪命以後，過一會兒傷勢就開始自動痊癒……飛濺出的血，也像時間倒流般回到學長的身體……」

「於是我就這樣睡著了？」

古城捂著右肩。理應遭半月斧一刀兩斷的肩膀，連絲毫擦傷都沒留下；理應破碎的軀體也已接回原樣。

制服就難免還是破的，但只要忍受那多少狂放點的外觀，倒也不是不能穿。

古城動起手指，像是在確認傷口的狀況。雪菜猛瞪著他說：

「既然學長有辦法活過來，請先說清楚再去送命。你都不知道我有多擔心……！」

雪菜握起軟拳，開始亂敲古城的頭。

呃，那也太強人所難了——古城如此反駁到一半，才發現雪菜是用大腿枕著他的頭。雪菜一直都在等他復活醒來。

仰望著淚眼汪汪的雪菜，古城無奈地嘆道：

「抱歉，讓妳擔心了。不過我自己也不知道，原來奧蘿菈指的是這個意思。」

「奧蘿菈？上一任的第四真祖……說了什麼？」

看著古城緩緩起身，雪菜發愣地眨眨眼。

「嗯……她說不老不死對真祖而言不算什麼權柄，只是詛咒罷了。」

「詛咒？」

「真祖死不了。就算被貫穿心臟、打爛腦袋也能活下去。雖然聽過那些話我還是不太開竅，但現在感覺稍微可以懂了。即使想死也死不成，還得獨自活上幾百幾千年……除了詛咒以外確實沒其他詞可以形容嘛。」

雪菜默默地望著嘆息般開口嘀咕的古城。

即使被誇大成不老不死，吸血鬼也非徹底的不死之軀。特別是控制魔力的腦以及司掌血液循環的心臟，都算致命性弱點。

如果這兩個部位受到嚴重傷害，哪怕是「舊世代」也肯定要喪命。

可是身為第四真祖，古城的肉體就不同了。

連徹底受到破壞的心臟都能再生，甚至是流出的血也有大半逆流回來。搞不好古城就算化成灰，都能像傳說中的吸血鬼那般復活。

「就算學長不會死，又為什麼要袒護我？不管那算是詛咒或別的什麼，根本保證不了一定會復活吧！要是沒有死而復生，學長打算怎麼辦！」

雪菜逼問古城，語氣像真正發了火。

「是沒錯啦。不過結果這樣真的太好了。」

「哪裡好了！」

「呃，因為妳平安無事啊。」

古城無心的一句話讓雪菜露出奇怪的臉色。哭笑不得的難過表情，就像個壞掉的人偶。

「……不用……也沒關係。」

雪菜嘴裡編織出不具感情的話語。古城困惑地歪了頭。

「咦？」

「學長，你不用保護我也沒關係。你已經忘記了嗎？我來這裡，是為了要殺你。」

雪菜擺著宛如喪失了感情的臉色低語。

妳在說什麼啊？蹙起眉頭的古城彷彿表示這個意思。

雪菜現在的氣質，和那個叫亞絲塔露蒂的少女身影重合在一起；和那個受制於造物主之令，可悲的人工生命體少女身影重合在一起。

「那個獵教師說的是事實，我是用過即丟的道具。雖然我很久以前就察覺了，但我只是不想承認而已。我被親生父母拿去賣錢，然後培養成專門和魔族戰鬥的道具……所以，就算我死了，也沒有任何人會難過。可是，學長不一樣吧……！」

「姬柊……」

低頭的雪菜背對古城，像是強忍著眼淚。

她和奧斯塔赫交手到一半卻突然動搖的理由，古城總算懂了。

獅子王機關的劍巫年僅十四歲，就擁有足以技壓洛坦陵奇亞獵教師的戰鬥能力。操御降魔之槍，專為對付魔族而栽培出來的戰鬥尖兵。

正因如此，雪菜才會不小心把自己的形象，重合在同樣被製造成戰鬥道具的亞絲塔露蒂身上。奧斯塔赫的話精確地點破了雪菜的痛處。那就是她動搖的原因。

古城認為將雪菜逼迫至此的，說不定就是他本人。

古城和雪菜認識的這幾天，她始終看著古城在獲得第四真祖之力以後，仍然掙扎著想活得像個普通人類的模樣。

為了獲得戰鬥的能力，雪菜捨棄了理所當然的日常。

而古城獲得了比任何人都強大的力量，卻選擇度過無味的日常。

也許古城的這種行為，看來就像在否定雪菜以往的人生。

所以她才會把話說出口。

該喪命的不是古城，而是她自己──

「…………」

古城望著低頭不動的雪菜，表情顯得不知所措。

而且，他感到有些憤慨。

儘管雪菜的心情也不是完全無法理解，但不管怎麼想，她那套道理都大有問題。由她代替自己掛彩絕不可能比較好。這傢伙在胡扯什麼啊？古城冒出這種想法。可是，要用話語說服現在的雪菜，對古城而言肯定有困難。畢竟說起來，古城的存在本身就會傷害到她。

雪菜蜷縮的背影太過渺然，甚至讓人覺得一別開目光就會消失，有如哭泣的迷途幼童。對此古城越來越焦躁，便開口說道：

「欸，姬……柊？」

「咦……？」

古城打算悄悄地將手放到背對他的雪菜肩上。然而，他那副剛甦醒的肉體，好像尚未完全恢復知覺。起身時似乎有陣暈眩，他失去平衡，整個人倒向雪菜。

面對古城完全出乎意料的行動，雪菜為之一顫，身體僵住了。古城不小心在摟著她的狀態下將她撲倒，同樣因為事發突然而愣住。

話雖如此，在這個節骨眼也不能將雪菜放開。定住的古城動彈不得。

「請問……你這是在做什麼？學長？」

隔了一會兒，雪菜用生氣般的低沉音調問道。古城則用刻意的痛苦嗓音回答：

「呃，是剛才差點死掉的後遺症……」

「你說謊對不對？」

「唔……嗯。」

依舊在古城懷裡的雪菜無語地瞪著他。古城對於如何找藉口煩惱過片刻，只不過中途稍微變了心意。

古城覺得就算會惹雪菜生氣，還是應該趁這個機會讓她藉此打起精神比較好。

於是，古城悄悄將臉湊向身體僵住的雪菜的頸子，使勁地聞她頭髮的香味。從頸根傳來的異樣感覺，讓雪菜叫出「噫」的一聲。

「姬柊，妳聞起來好香。」

古城說出坦白得恐怖的感想。而雪菜肩膀微微發顫回嘴：

「你……你忽然亂說什麼！」

「頭髮又這麼柔順，摸了好舒服。」

「請你住手！你……你在摸哪裡啊！」

「妳意想不到地柔軟耶，姬柊。而且還挺輕的。」

「學……學長！這……這樣會癢啦！」

「……我還是覺得好香耶。」

「果然是變態，你這個人……」

雪菜眼角盈著淚，模樣癱軟。

古城依然把嘴唇湊在她的耳邊。

「嗯，對啊，把我當成變態就好。所以，妳別說自己不如代替這種變態送命。」

「那……那個跟這個沒關係吧……啊……啊啊！」

古城將嘴唇貼在反駁到一半的雪菜頸根上，試著吹氣。雪菜拚命扭身，想從他懷裡逃走，但抵抗的力道虛弱無比。

「再說，我完全不能理解妳被當成道具栽培長大這一點。」

「咦？」

「誰叫姬柊這麼可愛。」

「你不要說這種敷衍的話……啊……不要……」

被古城的吐息挑逗著頸根，雪菜全身沒了力氣。不知不覺中，她的白皙肌膚已泛上微微的薔薇色紅潮。

「養育妳的人也許確實不是妳的親生父母，但是看了就會知道，高神之杜的人過去都相當呵護妳。姬柊妳自己不是也說過，劍巫的修行很愉快嗎？」

「我知道了……我知道意思了，所以學長……請你收手！再這樣下去，我……」

「好……好啦。」

古城被雪菜的嬌弱嗓音打動，稍微鬆開了抱著她的手。

因為要是徹底放手，虛脫的她似乎會直接癱倒在地。

「…………」

呼吸急促的雪菜喘著氣，同時一語不發地整理剛才弄亂的制服。

接著她用依然透著淚光的眼睛，狠狠瞪著古城。

「這次我切切實實明白了，學長實在是個好下流的人。」

「呃，我想沒那回事喔。再說姬柊妳剛才還不是——」

「什麼？我有……怎麼樣嗎？」

「……沒有，並沒有怎麼樣……對不起，我得意忘形了。」

「請你好好反省！真受不了……」

雪菜粗魯地嘆道。

看到她略嫌嘮叨又毅然的模樣一如往常，古城忍不住露出微笑。雪菜則對這樣的他賞了白眼。

「你不懷好意地笑什麼？」

「呃，我覺得妳真的好可愛。」

「…………」

雪菜無言地握起雪霞狼，而古城大驚失色。

「慢……慢著，妳別用那把槍。」

「真的要請你懂分寸一點！現在不是讓我們做這種事的時候。你忘記自己為什麼差點送命了嗎？」

雪菜語氣呆板，鋒刃依然抵著古城的脖根。自己是在生氣或害羞，陷入混亂的她似乎也分不清楚。看來別再刺激她會比較好——古城如此判斷，表情收斂起來。

「ＯＫ——我明白了。是這樣沒錯……呃，話說回來，這裡是哪裡？大叔那些人跑到哪去了？」

「這裡是斯凱爾特製藥研究所後面的公園。」

雪菜緩緩放下長槍。

她指向古城背後，看得到之前見過的建築物輪廓。

「因為那匹人工眷獸的攻擊，大樓的警報裝置啟動了，我才將陷入沉睡的學長抬到外面來。洛坦陵奇亞的殲教師一行人目前下落何處，我並不清楚。」

「這樣啊……真令人介意。而且那些傢伙還講了莫名其妙的話。」

古城皺著臉咕噥。

奪走寶物，讓島嶼沉沒。他們確實這麼說過。

從字面上聽來，只覺得是不切實際的妄想，但是奧斯塔赫肯定懷有明確目標，並且做了周密的準備。而如果事實就像奧斯塔赫所說，他獲得了期望中的力量，那麼他們極可能已採取行動。

太陽已經沒入地平線，周遭為漆黑所覆。

從古城被奧斯塔赫殺害，到復活為止所耗的時間約為四、五個小時。希望這不會成為致命性的耽擱。

「對了……新聞……」

「咦？」

看古城拿出手機，雪菜有些不解。也許她不知道手機能接收新聞，但現在沒時間說明。

奧斯塔赫若造成騷動，那麼事件已登上新聞報導的可能性應該很高。

古城這麼想著，探頭看向手機螢幕，微微屏住氣息。

上頭顯示的，是無數的簡訊通知。

寄件人幾乎都是矢瀨和倫。

他們的簡訊所傳達的是「基石之門受到不明人士攻擊，而在設施內打工的淺蔥，至今仍被關在裡面」。

4

入侵者行經的樓層，呈現一片慘烈光景。

六十名以上的警備員身負重傷倒在周圍，流出的血味滿布於空氣中。勉強還能自己活動的，約有十個人。不過他們已無戰鬥能力，而且光要為負傷的同伴急救就已疲於奔命。

獨自倖存的淺蔥毫髮無傷，正茫然望著這副慘狀，處於半恍惚狀態。

就在這時，淺蔥的手機響了。與入侵者的戰鬥使得基石之門裡的設施蒙受莫大損害，但手機的中繼台似乎倖免於難。

淺蔥用機械性的動作，慢吞吞地確認手機畫面。

一看到顯示在上面的名字，她眼裡忽地恢復生氣。

「——古城？」

『淺蔥……太好了！妳平安無事吧？』

透過手機能聽見曉古城的聲音。這讓她沒來由地放下心，拭去滿盈的眼淚。彷彿要發洩累積已久的怨氣，她拉高音調，連珠炮似的說：

「搞什麼嘛，真是的……我根本一點都不平安啦！公社遭受攻擊，好多人受了傷，建築物又到處發生倒塌，害我被關在這裡……那些傢伙是什麼人啊！」

『妳有看見發動攻擊的犯人？是穿著法袍的壯碩大叔對吧？還有人型眷獸？』

「你認得那些人？」

淺蔥愕然反問，同時有股強烈的不安湧上心頭。

為何古城會知道基石之門的入侵者樣貌？難道他比自己更早遇上那些人？要是這樣——

『對啊，那些傢伙差點讓我沒命。』

「讓你沒命……欸，古城……」

聽了古城若無其事的表白，淺蔥連話也說不好。換作平常，她會以為是無聊玩笑而不當一回事，但是看過那些入侵者有多殘虐以後，她不得不相信古城的話。古城之前肯定碰上了差點要命的危機。

不過，古城仍用一如往常的懶散語氣問：

『總之我現在不要緊。不提這些了，那些傢伙去了哪裡？』

「下面啦。他們好像要去基石之門的最底層。」

淺蔥也恢復平常的調調。遇到這種悲慘狀況的人不只她自己，古城很明白她的處境。光是這樣想，淺蔥心裡就多了一份慰藉。

她掀開一直像護身符般抱在懷裡的筆記型電腦。

連上管理公社的伺服器以後，淺蔥確認基石之門內的狀況。

通往底層途中的隔牆全遭到強行開啟，入侵者已經抵達第三十層。更往下深入，則是構造牢固的區塊，但他們抵達底部已經是遲早的問題。頂多再兩個小時左右。

『底層嗎……淺蔥，妳知不知道那裡有什麼？』

「我哪知道。底層應該只有錨啊。」

淺蔥邊敲鍵盤邊回答。

『錨？』

「就是錨墩。絃神島被分成東西南北四座人工島，這你知道吧？錨墩是用來固定連接那些島的主幹線，就像地基一樣啦。」

『……那算是貴重的東西嗎？』

古城用聽似不太能接受的口氣詢問。啥？如此回嘴的淺蔥皺著臉。

「哪有可能嘛。那只是堅固的鐵塊而已啊。為了不讓絃神島解體，四座人工島受風浪的衝擊與震動，全都是錨墩在承擔。」

絃神島之所以要分割成四座人工島，是為了以防萬一，避免整座島在發生事故時全部淹沒。此外，藉著在連接處留下適度空隙及伸展性，還能防止狂風大浪引發讓人不適的危險震動。恰似四支桌腳能讓桌子穩固，四座人工島就是這樣扶持著彼此。

反過來說，也代表人工島的連接處擔下了絃神島整體所受的負擔。

『……既然這樣，大叔說的至寶會是什麼……？』

「至寶？那是什麼啊？」

『不知道。可是大叔他們好像就是為了拿回那個，才來這座島的……』

「就算他那麼說，又有誰會把那種貴重的東西拿去放在最底層的錨墩啊？想再取出來或跑下去看，都沒辦法喔……？」

從古城話裡聽出奇妙的癥結，淺蔥陷入沉思。

所謂的至寶也讓她在意。實在難以想像以戒律嚴格著稱的西歐教會僧侶，會財迷心竅地襲擊異國的魔族特區。

不對，根本來說，對身為聖職者的他們而言，寶物是指什麼意思——

『淺蔥？』

古城擔心沉默下來的淺蔥，便喚了她一聲。

淺蔥深深吸氣，彷彿要甩去迷惘。

「你先等著。我查看看——欸，這什麼啊！保護得和軍事機密一樣嘛！」

面對電腦螢幕顯示出的通紅警訊，淺蔥嚇傻了。而她眼裡蘊藏著某種愉悅的光芒，挑戰心理受到了刺激。

『意思是沒辦法查嗎？』

「哪有可能。你以為我是誰呀——摩怪！」

淺蔥一用快捷指令(Hot Key)，就把決定保持緘默的人工智慧叫了出來。超級電腦的化身悠悠晃晃地在螢幕上現身。

「小姐，妳使喚起人工智慧還真不留情。其實我是被設計得無法對那傢伙動手腳啦——不過既然是伙伴拜託，那就沒辦法啦。」

「你很上道嘛。快點突破系統的保護。」

淺蔥朝語氣慵懶的人工智慧輸入具管理者權限的強制指令。

執行指令之前，人工智慧的態度出現短短一瞬的改變。

「要突破是可以……妳可別後悔。」

什麼意思啊？就在淺蔥蹙起眉的下一刻——

「咦？這是……怎麼會……騙人的吧？」

親眼看見錨墩的影像顯示出來以後，淺蔥只能愕然細語。

5

「原來……是這麼回事嗎……」

結束與淺蔥的通話，古城緩緩放下手機。

所有謎底總算揭曉，所有環節都因而銜接起來。

包括奧斯塔赫來到絃神島的目的，以及他想要有能力打破結界的理由。

古城理解了一切。

確實正如那個男人所說，要是他們達成目的，非同小可的災厄就會撲向這座島，連島嶼都有可能沉沒。

奧斯塔赫當成目標的，是位於絃神島基底的錨墩——而且他看上的，是當中被賦予基石之名而鎮座於主樑的拱心石。

「我們走吧……學長，要阻止那些人才行。」

起身的雪菜望著古城。古城則遲疑地回望她。

「阻止？要由我們去應付大叔那伙人……？」

「是的。照藍羽學姊所說的，他們要抵達最底層還需要一些時間，對不對？現在出發的話還追得上。只要藍羽學姊肯幫忙，大概就可以。」

雪菜的表情認真無比。淺蔥能夠進入管理公社的主伺服器，對基石之門內的通路掌握得一清二楚。另一方面，奧斯塔赫那些人似乎都老老實實地硬碰硬，靠著強行破門來往前推進。只要請淺蔥推敲出通往底層的最短路徑，古城他們應該就能從容地先一步抵達。

「就算這樣，我和妳去了可以做什麼……？」

坦白的疑問脫口而出。雪菜訝異地停下動作。

「我會去救淺蔥。順便將凪沙，還有我們家活得像流浪貓的媽媽送去島外避難。不過，我能辦到的就如此而已。」

「學長……你在說什麼啊？絃神市的特區警備隊並沒辦法阻止那個人工生命體的人工眷獸喔。」

「妳才要想清楚，別迷失了原先的目的。我會想逮到那個大叔，是為了證明自己的行為

屬於正當防衛。可是，現在沒那個必要了吧？」

古城信口說道。

要找的魔族狩獵事件兇手已經主動現身，還鬧出這樣的大騷動。事到如已，古城等人沒有理由非逮住他們不可。

假如特區警備隊的受害程度擴大，反而能證明奧斯塔赫那伙人的危險性，而古城破壞倉庫街的行為，也就更容易被認同是情非得已了。

「我根本擋不住那個殲教師大叔啦……聽過淺蔥說的話，我很明白這一點。雖然我是沒辦法理解，不過那個大叔做的事情，就某個層面來看算是正確的吧？」

「說是這麼說，不代表就可以讓住在這座島上的人遭受危險啊——」

「也許……是不能代表吧……可是，哪邊才是對的，這我決定不了。我不會做選擇。我……就是不可以去選啊！」

古城低囔的話，雪菜都默默聽在耳裡。

或許曉古城確實獲得了世界最強的吸血鬼之力。

那就等於得到了帝王之力。

帝王的決策將帶動眾人，帝王的決策將更動歷史。

不過，哪裡能找到這項決策正確無誤的保證——？

要憑一己之力帶動世界，就得一個人扛下世界的結局。
尋常人下不了那樣的決心，他們無法承擔那種決策的重量。
和奧斯塔赫交手已經不是曉古城和他之間的私鬥了。
那位洛坦陵奇亞的殲教師是向絃神市這座都市挑起戰端。
區區一名高中生，不會被允許介入這場戰爭。
曉古城已無法和他交手。因為現在向奧斯塔赫宣戰，就等於古城主動承認自己並非普通的高中生，而是被譽為隻身就與國家軍隊同等的存在——夜之帝國的支配者，亦即真祖。
雪菜堅守沉默，彷彿看透了古城心中所有的糾葛。
「…………」
依舊無語的她當著古城的面，輕靈地將手握的銀槍轉了方向。
一圈半過去——那道鋒刃，正朝向她自己。
然後她將這道利刃，湊往自己制服底下露出的頸根。
長槍無聲無息地迅速一抽。
雪菜的肌膚上面留了一條紅線，血滴隨即一顆顆湧現。
「姬柊……妳……妳在做什麼？」
古城目瞪口呆地望著雪菜的奇怪行舉。其驚慌程度，彷彿方才為止的嚴峻神情全是虛晃。雪菜回頭望著他，夾雜著嘆息說：

「學長，請你……吸我的血。」

她用蘊含著靜靜決心的嗓音宣告。

古城完全僵住了。他無法理解雪菜為何要說出這種話。

「因為學長以往沒吸過人血，眷獸們不認同這樣的宿主——學長你之前這麼說過吧？」

「是……是啊，確實沒錯啦……」

「所以，請你現在就吸我的血。」

「等一下，那只是假設，也不能保證吸了血以後就立刻能用……」

「既然有這個可能性，那就夠了。」

「為什麼我非得做這種事啊？就算用不了哪門子的眷獸，也不會有困……」

「我會有困擾。因為靠我一個人的力量，阻止不了現在的奧斯塔赫獵教師。」

雪菜打斷古城的話。

「啊？」

「那匹眷獸獲得了和雪霞狼同等的魔力無效化能力，假如要打倒它，就要有更強大的魔力聚合體——也就是真祖階級的眷獸之力。能阻止那些人的，只有學長而已。」

面對雪菜不容分說的魄力，古城不禁結舌。

「呃，我說過了……我不打算和大叔他們鬥。那應該是別人，而且是除了我們以外的人去操心的事情——」

「你說謊。」

「啥？」

聽了雪菜單方面斷言，古城立刻想抱怨，卻在開口前把反駁的話吞了回去。

因為頸根滴著血的她，正溫柔地注視著古城。

「其實你是想阻止那些人才對。因為學長有那份力量……在學長心裡，不是也希望能盡情施展真祖之力嗎？」

「哪有那種事？我什麼時候希望找那種麻煩了……！」

「既然學長想保護這座島上的人，就請你隨心所欲去做。要是學長一個人無法肩負那樣的責任，我也會一起承擔。」

「咦……？」

為什麼妳要這樣？疑惑的古城望著雪菜，而雪菜靜靜微笑。

「這是當然的。學長忘記了嗎？我負責監視你啊——」

她神情泰若地一口咬定，讓古城入迷地呆望著她半餉。

把槍扎入地面的雪菜，拉下了制服的蝴蝶結。

釦子跟著被解開，胸口從中露出。

白皙肌膚與纖纖鎖骨，線條細緻的頸根隨之見光。

然後她緩緩踏出腳步，變成由她抬頭仰望古城。

古城低頭所能看見的視野當中，有雪菜穿在身上的清純內衣，起伏較小的胸型自然也一起闖入眼底。古城的音調略顯飄忽。

「姬……姬柊？」

「學長，你剛才說我可愛對不對？」

「是，是喔……這麼一說，好像有。不過，那個跟這個是兩回——」

「那就請你負起責任，用行動來表示。」

「咦……？咦咦！」

「還是說……我果然……不配嗎？」

雪菜悄悄捂著自己胸口，嬌弱細聲地說道。

古城發覺她纖瘦的肩膀微微發顫。

與其說是羞恥心……那應該是出於恐懼。其實雪菜也很害怕。將自己的血獻給吸血鬼、在古城面前不作遮掩地露出肌膚，都讓她感到害怕——

她是獅子王機關的劍巫，專為監視古城而被派來的攻魔師。

原本吸血鬼對她來說，純粹只是應該消滅的敵人。

然而，她卻正要將自己的身體獻給古城。

與其說這是為了保護絃神島的人們，倒不如說是為了古城。用意是要讓古城不會在將來後悔自己所做的決定——後悔自己沒有施展第四真祖之力。

「學……學長？」

雪菜突然被古城摟住，吃驚地叫出聲音。

古城從那發抖的纖纖身軀隱約感受到暖意和醉人的香氣。頭髮乾淨清潔的芬芳、淡淡甜甜的體味，以及血腥味——

犬齒——錯了，獠牙正在蠢動。為吸血衝動扣下扳機的是性慾。吸血鬼吸血的對象，僅限他們認同有魅力的異性。雪菜知道這一點，才會用她的方式盡力誘惑古城。不過——

妳真是什麼都不懂耶——古城如此心想。

「啊，好痛……學……長……」

雪菜不明白自己多有魅力，也不明白古城和她在一起的期間，費了多少勁才能抑制住吸血衝動。她全然不懂。

古城的獠牙，悄悄陷進雪菜的身軀之中。

雪菜緊閉眼睛，忍耐著這股疼痛。她的唇裡冒出嬌弱的吐息。

於是，雪菜被古城摟在臂彎的身體逐漸放鬆力氣。兩人彷彿融合為一的身影，被紅色月光靜靜照耀著。

6

那塊地方猶如永恆的牢獄，被蓋在連光都無法觸及的海底深處。

基石之門的最底層位於海面下兩百二十公尺處。

為了抵抗高水壓而採用的圓錐型外壁，氛圍和神話中的巴比倫塔有些類似。

這一層所扮演的角色，和小提琴等絃樂器用來捲絃的琴頭非常相像。它們可以調節由四座人工島伸出的聯接鋼索，藉此抑制整座島產生震動，使其保持太平無恙。

經由基石之門外牆伸進來的鋼索纜線，就纏在最底層這裡的支柱之上。

約六萬五千條鋼索搓合成的纜線，粗為一千六百五十公厘。龐大得荒謬的絞盤，是靠著功率等同發電廠的馬達來管控那些纜線。

壓倒性的鋼鐵質量、暗藏爆發性力量的驅動機構所帶來的威迫感，還有包裹住建築物的強烈水壓，都使得瀰漫於此層的空氣變得黏稠濃密。

區隔最底層的氣密牆正發出慘叫般的吱嘎聲響，逐漸遭到強行扳開。

將厚達七十公分的裝甲壁當鋁箔紙般撕開的，是散發著虹色光輝的人型眷獸。

在眷獸的胸口中央，能看見宿主被關在裡頭。

擁有藍色長髮及淡藍色眼睛的少女——人工生命體亞絲塔露蒂。

從她背後現身的，是身披法袍的魁梧男子——

洛坦陵奇亞殲教師，魯道夫．奧斯塔赫在抵達基石之門最底層之後，感慨萬千地緩緩審視了周圍一遍。

「命令完結。在目視下確認到目標。」

仍身陷自己的眷獸體內的亞絲塔露蒂說道。

原本就缺乏抑揚頓挫的嗓音，如今已完全失去感情。

眷獸是來自異界的召喚獸。為了使其實體化，宿主必須將自身壽命分給眷獸。儘管依眷獸種類也有差異，但若是由普通的人類召喚，據說在短短一瞬間就會將壽命耗盡。對眷獸而言，宿主的生命純粹只是犧牲品。

哪怕宿主是人工生命體亦不脫此限。

為了與眷獸共生而經過調整的亞絲塔露蒂，被賦予的壽命遠長於普通人類。不過，就連那也所剩無幾了。攻下基石之門，已讓她過度使用眷獸之力。

「……」

然而，奧斯塔赫卻對這樣的亞絲塔露蒂不屑一顧，逕自走向底層的中央。

那裡有著四座人工島伸出的四條鋼索纜線最末端。

固定所有機具頭部的錨墩，是一個呈迷你倒金字塔形的金屬製底座。

而錨墩的中心有一根樑柱，像樁木般牢牢打在裡頭。

其直徑不滿一公尺。

但它到現在仍承載著用以連接絃神島的數百萬噸荷重。

質感近似黑曜石的半透明石柱——基石。

「噢……噢噢……」

奧斯塔赫口中同時冒出了驚喜與感嘆之聲。

全身劇烈顫抖的他當場跪下，仰望著石柱的眼裡不停湧現淚水。而他的悲傷及喜悅，後來變成一陣不羈的狂笑。

「在洛坦陵奇亞聖堂遭人奪篡的不朽體……我等信徒盼望已久的，就是這物歸原主的日子！亞絲塔露蒂！已經無人能攔阻我們的去路。妳去拔起那道令人深痛惡絕的楔子，對頹廢之島賜下制裁吧！」

奧斯塔赫高亢笑著之餘，朝身為隨從的人工生命體下令。

亞絲塔露蒂卻不動。在實體化的眷獸之鎧包裹下，她以無感情的嗓音宣告：

「命令接收（Received）。但前提條件存在謬誤，故要求再次選擇命令。」

「什麼？」

奧斯塔赫握緊巨大戰斧，站起身子。他也發現亞絲塔露蒂拒絕命令的理由了。受基石固定的錨墩上有人在。

一身制服近破爛的少年，以及手持銀槍的少女。

「抱歉。我要你收回剛才的命令，大叔。」

第四真祖——曉古城正一臉慵懶地笑著。

「侍奉西歐教會之『神』的聖人遺體……」

望著名為基石的石柱，古城眼裡帶有某種憐憫。

那塊半透明石頭裡，浮現著某人的「手臂」。

乾癟有如木乃伊的消瘦手臂。

手腕上留有受過釘刑般的殘酷傷痕。為了本身信仰而受難喪命的殉教者遺體。

那些是神之聖性用以顯現於人世的媒介，因此成了人們信仰的對象。據傳那副具備強大聖性的遺體絕不會腐壞，還能引發各式各樣的奇蹟。

而那名聖人的一部分遺體，就封印在石柱裡。

「聽說這叫聖遺物。你的目標果然就是這玩意。」

古城嘆息般說道。

淺蔥突破嚴密的保護系統後，查出了藏於絃神島最底層的祕密——就是這聖遺物的存在。絃神島作為巨大人工都市，一直都是由聖遺物引發的「奇蹟」支撐至今。

「這座被你們稱為絃神島的都市，是在距今超過四十年前設計而成的。」

奧斯塔赫一副低沉肅穆的嗓音。

從他的語氣聽得出教導眾多信徒的洛坦陵奇亞主教應有的威嚴。

「靈線——也就是東洋所謂的龍脈，在其經過的洋上造出人工浮島，並且建設新都市。這在當時屬於劃時代的主意。每個人都認為從龍脈流入的靈力將帶給居民活力，引導都市通往繁榮路途，但建設起來卻窒礙難行。因為流過海洋而暴露在外的龍脈之力，遠遠超出人們預測。」

古城對他說的話默默點頭。

絃神島建於遠離本土的南方海上之由，就是龍脈——流動於地球表面的巨大靈力路徑。

蓋在龍脈上的土地會滿載靈力，單是如此就有望進行比平常狀況下更強大的靈術以及魔法實驗。對於進行魔族研究的魔族特區而言，這是理想的條件。在龍脈上建造都市，是人工島計畫不可或缺的一點。

「都市的設計者絃神千羅做得很漂亮。東西南北——分割成四塊的人工島，他原本想比作風水學中的四神，藉此以島塊間的有機性結合來控制龍脈。可是，即使如此還是留下了一個無法解決的問題。」

「基石的強度，對吧……？」

聽見古城嘀咕，奧斯塔赫沉重地頷首。

「正是如此。照絃神千羅的設計，居於島中央的四神之長，亦即黃龍——聯接部需要基石擔任要角。不過靠當時技術，沒有辦法造出強度足以支撐的建材。因此他下手進行了一項令人不齒的邪法。」

「供犧建材……」

低聲喁喁的人是雪菜。

面對工學性的瓶頸問題，絃神島的設計者求助於咒術來當作解決手段。

人柱。

為了增強建築物強度，他想到有活人獻祭的邪法能用。

然而龍脈是自然界的能量奔流，那股強橫力量會帶給人工島聯接部莫大的負擔。將其一

舉擔下的基石，便不是半吊子的咒術所能勝任。因此——

「結果他選來支撐都市的犧牲品，就是從我等聖堂奪篡而去的聖人尊貴之軀。將遺體用為眾多魔族跳樑跋扈的島嶼基底，這番踐踏我等信仰的所作所為——絕非可以寬恕之事。」

奧斯塔赫以平靜宏亮的嗓音宣言之後，提起戰斧。

話就談到這裡——他的舉止中表明了含意。他的目的是奪回聖遺物，沒有理由非得和古城等人交手，所以才會回答古城的問題。

那同時也證明了他的正義——他的正當性。

奧斯塔赫已不會回應任何遊說，沒有方法能顛覆他的決心。

「因此，我將為了奪回我等的聖遺物而動武。你走吧，第四真祖。這乃是我等與這座城市的聖戰。哪怕是你，也不容許來攪局——」

「我懂你的心情，大叔。那個叫絃神千羅的男人幹下的事情，確實是差勁透頂。」

即使如此，古城仍守著基石，站到主教面前。

「就算如此，毫不知情地住在這座島上的五十六萬人，就應該死在你的復仇之下嗎？在你到這裡之前所傷害的那些人也是一樣。你別把無關的人扯進這件事情啦！」

也許奧斯塔赫的行動是正義，也或許終究是一場錯誤。

不過，這些都無所謂了。

既然魯道夫．奧斯塔赫在他的決斷下，要破壞這座都市——

同樣的，曉古城也會在自己的決斷下阻止他。曉古城心意已決。

「只要想成是這座城市贖罪該付的代價，這點程度的犠牲根本不值一顧。」

奧斯塔赫冷酷地宣布。

這次擋到他面前的則是雪菜。用於牽制的銀槍對著殲教師，她用凜然清澈的嗓音大喊：

「供犠建材的使用，現在已受到國際條約禁止了。何況是使用奪篡而來的聖人遺體，就更加不應該……！」

「劍巫啊，所以妳想說什麼？難不成要我向這國家的法院提告？」

「假如有現在的技術，照理說即使不使用人柱，也能造出連接人工島所需強度的基石。先更換基石，再將聖遺物奉還也是可行的——」

「妳在自己的至親受眾人踐踏而痛苦之際，也說得出同樣的話嗎？」

奧斯塔赫的聲音裡，透露出忍無可忍的憤怒。

雪菜的背影閃過一瞬動搖。被培育成劍巫的她，並不認得親人面孔。奧斯塔赫分明是知道這一點才對她挑釁。

「大叔……你……！」

激動的古城打算逼近他身邊。

不過，雪菜伸出左臂攔住他。沒關係——堅強地露出微笑的她，似乎透露出這個意思。雪菜望著古城的眼裡，蘊藏著一股不可思議的平靜。

哼聲的奧斯塔赫粗魯地呼了氣。

「看來是多說無益。自現在起，我等將奪回聖遺物。你們若要來礙事，我唯有以武力排除一途——亞絲塔露蒂！」

「命令領受。執行吧，『薔薇的指尖』——」

原本堅守沉默的亞絲塔露蒂，嗓音在答話時微微流露出悲戚。

虹色眷獸的光輝變強，散發的魔力也成正比變得兇猛。

「結果就是變成這樣啊……」

唉——古城嘆息的同時笑了。

猙獰扭曲的唇縫間可以窺見獠牙，眼睛則染上眩目的深紅色彩。

「……不過大叔，你是不是忘了？我還有身體被砍爛的這筆帳要跟你算。與其向老早翹辮子的設計者報仇，我們先來做個了斷吧。」

「小子……你那能力是……」

奧斯塔赫臉色驟變。

古城全身籠罩著雷霆。那並不是任憑怒火迸發而造成的失控。呼應著宿主意志，棲息於血裡的眷獸似乎正要覺醒。

「好了，大叔，我們開始吧——接下來，是屬於第四真祖的戰爭。」

古城舉起籠罩著雷光的右臂大吼。

舉起銀槍的雪菜靠到他身邊，使壞似的微笑著說：

「不對喔，學長。這是……屬於我們的聖戰——！」

7

最先出手的是雪菜。

劍巫舉起銀槍，以閃光般的速度衝向亞絲塔露蒂。為眷獸所包覆的人工生命體少女，操縱人型巨大身軀迎戰。

足以令建築物全體震動的絕猛重拳。

亞絲塔露蒂的眷獸雖具備人型，但並非生物，實體為高密度的魔力聚合物。

拳頭等於擁有最頂尖威力的一發咒砲，腳踢更勝魔法儀式導致的爆炸。而它的手臂，甚至連特殊合金的厚實隔牆都能當場撕裂。

一路將特區警備隊的攻魔官單招擊潰的壓倒性力量——

然而，雪菜行雲流水地卸去那些攻擊。

雪霞狼——七式突擊降魔機槍所刻印的神格振動波驅動術式，並沒有讓實體化的眷獸逞威貼近，反能進一步試圖斬裂其肉體。

可是，眷獸的肉身也覆蓋著同樣的神格振動波，因此撐過了雪霞狼的斬擊。

對魔族應能造成致命傷的雪霞狼，其攻擊只淺淺傷到眷獸的肉體，就連傷口也在一瞬間便再生痊癒了。

儘管雪菜在戰鬥技術上勝出，卻少了足以擊破對手的攻擊力。

另一方面，具備壓倒性破壞力的亞絲塔露蒂也遭到雪菜的體術及槍技擺弄，始終無法接觸到她。她們的戰鬥徹底陷入膠著。

不過，這正是古城他們的企圖。

「喔喔喔喔喔——！」

古城灑下青白色雷霆，並揮拳朝奧斯塔赫招呼過去。

趁雪菜將亞絲塔露蒂吸引過去的空檔，由古城來打倒人工生命體的主人奧斯塔赫。這就是古城他們想出的戰術。

古城無法和亞絲塔露蒂那匹能反射魔力的眷獸交手。話雖如此，靠雪菜的武器也不能打倒那匹眷獸。

但只要打倒發號施令的奧斯塔赫，亞絲塔露蒂應該就會歇手。畢竟亞絲塔露蒂本人並不希望傷害絃神島的居民——藉著和她之間的短短對話，古城他們確信這一點。

所以古城非得在此打倒奧斯塔赫，也是為了亞絲塔露蒂。然而——

「喝！」

奧斯塔赫敏捷得從他那龐然身軀根本無法想像，古城的攻擊被閃開，反讓他用戰斧回敬過來。戰斧的風壓砍裂古城制服袖口，凌厲得令古城咋舌。

攻擊快，而且又沉又重。要是迎面挨中，古城的肉體八成又會像白天那樣一劈兩斷。縱使能復活，屆時奧斯塔赫已將聖遺物奪回去了。古城絕不能受到那種攻擊。

彷彿看穿古城心中的焦躁，奧斯塔赫豪邁地笑著說：

「你的魔力確實驚人，但是那種不成氣候的攻擊可沒辦法碰到我。你那身手簡直像思慮淺薄的外行人啊，第四真祖！」

「不用說簡直，我就是外行人！」

古城反駁的同時又加快速度。他在武術方面確實是外行，身為吸血鬼也幾近無能。但儘管多少有空窗期，靠籃球練出的步法依然健在。甩開對方緊盯，將計就計穿越防守，運用緩急與重心移動，外加假動作。古城很清楚該怎麼對付體格比自己壯碩的對手。

「唔，這是……」

魔力造出的雷球砸向奧斯塔赫，有如一計快傳。就古城而言，這招胡鬧的攻擊彷彿衍生自玩心，卻讓殲教師板起臉孔。

「我收回之前那番話。你果然是不可小看的敵人，我可以認同——因此我將帶著相應的覺悟陪你交手！」

「什麼……！」

面對從奧斯塔赫全身噴湧而出的驚人咒力，古城的臉頓時失去血色。

殲教師所披的法袍空隙間冒出了光輝。穿在法袍底下的裝甲強化服，綻放著黃金色光芒。看到這道光輝，使古城的眼睛劇痛；受光芒照耀，則讓古城的皮膚灼傷。

「用洛坦陵奇亞的技術製造出的聖戰裝備『要塞之衣（Alcazaba）』——本著這道光芒，我將替我等排除障礙！」

奧斯塔赫加快攻擊速度，是裝甲鎧強化了他的肌力。被黃金光芒剝奪視野的古城，幾乎只能靠直覺閃躲，被砍傷的臉頰濺出鮮血。

「太卑鄙啦，大叔——你居然還藏著這種底牌！」

古城不禁開口指責。但奧斯塔赫的攻擊沒有停下，斬擊威力及速度竄升數倍。古城顧不得形象，只能東閃西躲。

「學長……！」

看古城單方面屈居守勢，雪菜大喊。可是，她同樣處於光要壓制亞絲塔露蒂就心力交瘁的狀態。而且面對靠鎧甲效能強化過戰力的奧斯塔赫，雪菜恐怕也勝算渺茫。

別擔心——古城如此對雪菜使了眼色，悠悠站起身。

奧斯塔赫停下攻勢。他應該是警覺到古城散發的異樣動靜，因而起了戒心。不愧是大叔啊——古城笑著表示。警覺性不夠可就頭大了。

「既然這樣，我也不需要留一手啦。別死了喔，大叔！」

「唔……！」

奧斯塔赫本能性察覺到危險，便縱身向後。

古城朝著殲教師伸出的右臂噴出鮮血。

「繼承『焰光夜伯』血脈之人，曉古城，在此解放汝的枷鎖——！」

那道鮮血轉變為輝煌的雷光。先前雷霆無從比較的龐大光芒、熱量，還有衝擊。和倉庫街被燒毀那次一樣，是第四真祖的眷獸。

然而與上次不同的是，這道光並未不分敵我地四射灑落，而是凝聚成巨大的野獸樣貌。

那就是眷獸原本的面貌。第四真祖的眷獸真正的模樣已由古城徹底掌握。

「迅即到來，第五眷獸『獅子之黃金（Regulus Aurum）』——！」

現身的是雷光化身的獅子——

龐然身軀大如戰車，由狂雷魔力凝聚成形。其全身散發出令人目眩的煌彩，其咆哮宛如雷鳴般撼動大氣。

古城從上一代第四真祖繼承的眷獸，共有十二匹。

不過在古城吸了雪菜的血以後，認他為宿主的，結果只有這匹雷之眷獸。

但這也是預料內的事。

因為和雪菜認識的幾天期間，這匹雷之眷獸一直莫名地出現活性化反應。

而在倉庫街，為了要保護雪菜，它甚至擅自狂飆。

古城現在能理解其中緣由。這匹眷獸從最初遇到雪菜時，就被馴服了。因為它被雪菜血液的氣味所吸引——

「這就是你的眷獸嗎……！在這種密閉空間用上此等力量，太不經思考了！」

雷之獅子對準奧斯塔赫掃下前腿。

那道攻擊，只有掠過他身旁。可是僅僅如此，奧斯塔赫的魁梧身體就被掃飛數公尺遠。

閃電催發的衝擊波，令裝甲鎧火花四濺，雷霆的高溫則使戰斧的鋒刃熔解。

而攻擊的餘波也波及了基石之門。

灑落的大量電流沿著建築外牆擴散至四周。設置的緊急照明與監視攝影機，不消一瞬就盡數炸開。固定鋼索纜線的絞盤也發出哀嚎。要是戰鬥拖久，那些機材肯定無法保持完好。

「亞絲塔露蒂——！」

殲教師終於喚了他的隨從。古城的眷獸擁有爆發性魔力，雄威更可匹敵自然災害，能與之抗衡的，唯有她的眷獸「薔薇的指尖」。奧斯塔赫應是如此判斷。

為眷獸包裹的亞絲塔露蒂甩開雪菜的攻勢，擋到古城的眷獸跟前。

「獅子之黃金」將古城的意志忽略大半，兀自發動攻擊。巨大眷獸的前腿化為雷霆，重重打向人型眷獸。

那一瞬間，更加強烈的虹色光芒，裹住了亞絲塔露蒂的眷獸。

神格振動波的防禦結界，將古城的攻擊擋下並反射回去——！

「唔噢！」

「呀啊啊啊啊啊！」

失去掌控的魔力之雷頓時爆發，直擊天花板。基石之門最底層的厚實天花板，被輕易地打穿崩坍。忙著閃躲掉落的瓦礫之餘，古城和雪菜叫出聲音。

「可惡……沒用嗎！就連我的眷獸，也沒辦法打破那傢伙的結界啊……！」

心急如焚的古城低喃。

即使挨中「獅子之黃金」一腿，亞絲塔露蒂的眷獸仍然毫髮無傷。就算再接再厲，恐怕

也是相同的結果。

而且再纏鬥下去，建築物可能會先承受不住。基石之門的外牆一破，水深兩百二十公尺的水壓全落下來，古城等人將在瞬間被壓扁。雪菜肯定當場斃命，連古城也不能確定自己下場如何。

「學長……」

為了援護險被瓦礫活埋的古城，雪菜悄然湊近。她臉上同樣有著濃濃倦色。靠著一副肉身和那等強敵交手，會如此也是當然。

「抱歉，姬柊。說不定我沒辦法打倒那傢伙……」

對於沒擔當的自己，古城氣得聲音顫抖。

只差一步，只差一步就能拯救這座島。但他卻填補不了那一步之遙。

然而，雪菜望著心有不甘的古城，燦爛地笑了。

「不對，學長。這場聖戰是我們贏喔。」

古城還來不及「咦？」的出聲反問，雪菜已站到他跟前。

「——狻猊之神子暨高神劍巫於此祀求。」

她隨著銀槍起舞。宛如一名向神祈求勝利的劍士或者授與勝利預言的巫女。

「破魔的曙光、雪霞的神狼，速以鋼之神威助我伐滅惡神百鬼！」

伴隨著莊嚴禱詞，雪菜的長槍開始綻放光芒。

那幽亮的光，乃是斬除萬般結界的神格振動波。不過，其形貌異於亞絲塔露蒂散發的虹彩。它細膩而尖銳，仿若耀眼奪目的利齒——

「唔，那可不行！」

察覺到雪菜用意為何，奧斯塔赫準備朝無防備的雪菜擲出戰斧。

然而古城發出的雷球已射向打算趁人不備的他。奧斯塔赫有裝甲鎧守護，這對他並非致命一擊。但至少他的行動因此停下了一瞬。

雪菜則利用這一瞬飛身衝出。她無聲無息地躍向半空，有如伶俐的純白雌狼。

亞絲塔露蒂的反應趕不上她那種速度。

雙方的武器都刻印著相同的神格振動波驅動術式。可是，相較於用結界籠罩著巨人眷獸全身的亞絲塔露蒂，雪菜的長槍現在只將力量集中到一點，僅求精細而銳利地將對手的結界貫穿。

「雪霞狼！」

下個瞬間，銀槍穿透亞絲塔露蒂的防禦結界，深深刺入無臉的人形眷獸頭部。此時，古城也已經理解雪菜話中的含意了。

儘管成功將結界穿透，雪菜的槍對巨大眷獸來說，也算不了多嚴重的傷害。

但那柄長槍目前仍深深扎於眷獸頭部。

就扎在眷獸實體化以後，防禦結界所無法顧及的體內。

金屬製的長柄，恰如一根招納雷擊的導雷針——

「『獅子之黃金』！」

雷之眷獸光速般行動，比古城的命令更快。

雪菜已放開長槍並跳向空中。

古城的眷獸旋即張口，咬住她所留下的槍柄。

眷獸將魔力幻化為雷流，灌進「薔薇的指尖」體內。

要打倒身為魔力聚合體的眷獸，方法就是用更強大的魔力去剋制——

真祖眷獸的壓倒性魔力，這次正是在剎那間就焚滅亞絲塔露蒂的眷獸，使其雲消霧散。

「亞絲塔露蒂……！」

失去眷獸之鎧的人工生命體少女，緩緩地癱倒於當場。

奧斯塔赫目瞪口呆地看著那副景象。

亞絲塔露蒂的眷獸能破壞任何結界，一旦它消滅，代表奧斯塔赫從基石中解放聖遺物的野心也就此垮台。

在大受動搖的殲教師面前，雪菜悄然著地。

恍惚間，奧斯塔赫的反應慢了半拍。

雪菜伸掌抵在他那罩著裝甲強化服的腹部。

「撼鳴吧——！」

劍巫的掌勁貫通鎧甲，對人體內部造成打擊。

咕噢。伴隨著如此的痛苦呻吟，奧斯塔赫彎下高大身軀。緊接著——

「——結束了，大叔！」

乘勝追擊般，古城動手朝殲教師的面門招呼過去。

出自蠻力的強硬拳頭不具魔力也不含術式，更與真祖之力全然無關。正因為如此，不論任何魔法都無法徹底擋住這一擊。

奧斯塔赫頑強的身軀飛了出去。數度擦撞之後，才終於倒下。

他緩緩地想將手伸向基石，最後便力竭似的沉默了。

8

近乎恐怖的寂靜，造臨了基石之門最底層。

奧斯塔赫動彈不得。縱使他恢復意識，八成也無心再戰了。當古城他們打倒亞絲塔露蒂時，他的敗北已成定局。

奧斯塔赫的聖戰在此告終。

即使如此，雪菜仍擺穩架勢以防備他反擊。

「………」

古城默默審視四周。基石之門的底層損害甚鉅。儘管如此，基石安然無恙，鋼索纜線也幾乎沒有受到損傷。島嶼在千鈞一髮之際守住了。

確認過這些，古城和雪菜對上目光。

些許笑意無心地湧現。

雪菜也和他一樣。她的嘴邊瞬間出現一抹稍縱即逝的微笑，有如冬天裡含蓄綻放的花。

贏是贏了。可是，也不代表他們就能從中獲得什麼。

有眾多人們受到傷害，而聖遺物如今仍沉睡於基石之中。絃神島所懷的扭曲，全然沒有獲得解決。

即使如此，能看到剛才那副笑容，古城感覺有點滿足。光是有那當作收穫，他便認為這一戰絕非徒勞無功。

再說，他們也不是一個人都沒成功救到——

「…………」

古城淺淺嘆了氣，目光則落在倒地不起的亞絲塔露蒂身上。

儘管狀態十分耗弱，她還保有一命。

古城召喚眷獸發出的雷擊，似乎也都沒有對她造成影響。

在金屬之類容易導電的物質裏覆之下，人待在內部，就不會受到落雷影響。這種現象稱為「法拉第之籠」，恐怕是相同現象也在亞絲塔露蒂及她的眷獸之間發生了。

人工生命體少女被賦予的壽命，遠遠長於人類。

但只要繼續讓眷獸寄生，她的壽命將撐不過幾天。

不過這也表示，假如有辦法處置眷獸，她就能活得更久。

臥倒在地的亞絲塔露蒂身上，只裏著手術衣般的薄薄布料。

可是，她現在就像受了傷的妖精，古城看她時並不會有非分之想。因為亞絲塔露蒂的模樣實在太過虛弱，讓人感到心疼。

唉，沒辦法——這麼想著的古城嘆氣，然後轉向雪菜說道：

「姬柊。」

「嗯？」

「抱歉。來一下……好嗎？」

說著古城走向一臉不解的雪菜身邊，並將她用力摟到懷裡。

咦？雪菜唇中如此冒出嬌弱的聲音。

面對古城這般意外的行動，雪菜顯得相當狼狽，但也只是身體稍微愣住而已，她無意反抗。儘管動作生硬，雪菜仍輕輕地讓自己靠向他。

「學……學長。」

雪菜狀似猶疑地哆嗦著身體。她的香軟及那份溫暖，還有微微的汗味與血味。那一切，古城正豪取強奪地用全身品嚐玩味。

雪菜困惑的理由可以諒解。

並不是被吸血鬼吸了血就會立刻出現某種改變。也有說法指出，被吸血的人會陷入快感及陶醉，但症狀就只有如此而已。

問題在於，吸血鬼用獠牙將本身血液注入對方體內的情況。

接受了吸血鬼血液的人，會變成「血之隨從」。

這種變化並非絕對。依月相盈虧及被吸血者的身體狀況、咒術抵抗力不同，機率也會跟著改變。但要是反覆進行吸血，遲早會讓對方變成不死者。

接著他們就會當彼此為伴侶，共度永遠的餘生。

「學長……不可以……我們還不應該……這樣……」

雪菜發出嬌弱的嗓音，打算規勸古城。

可是與她的話正好相反，她始終沒有抵抗之舉。儘管古城對此感到費解，仍緊緊地將她摟在懷裡。雪菜也悄悄將手繞到古城背後——

「——謝了，姬柊。感覺應該可以了。」

等吸血衝動高漲到足夠的地步，古城就乾脆地將雪菜放開了。

「咦……？可……可以了？」

雪菜表情茫然地回望古城。透著淡淡紅潮的臉令人憐愛。

「呃，那個……學長？」

但古城迅速從她面前轉了身，並且在倒臥著的亞絲塔露蒂旁邊蹲下。

輕輕將瘦弱的人工生命體少女抱起以後，古城將獠牙扎進她裸露在外的頸根，接著吸出她的體液。

一陣漫長的沉默，古城的唇悄悄離開亞絲塔露蒂。

亞絲塔露蒂昏厥倒臥的模樣沒有改變。不過，古城該做的好像已經全部結束了。

他抱著半裸的亞絲塔露蒂，安然呼出一口氣。

在古城旁邊，鐵著臉的雪菜撿起了掉落在旁的銀槍。

「學長……你究竟在做什麼呢？」

雪菜的語氣冷漠得彷彿與他們剛認識時一樣。

古城無意間感到背脊有股寒意，回過頭說：

「我……我是想……把她的眷獸納入自己支配之下。妳應該懂嘛，這也可以當作捐贈魔力或者租借眷獸……簡單說，只要讓她的眷獸以後都從我這裡吸取生命力來活動，不再直接吸宿主的命，她的壽命就會比現在更長了吧？」

「意思是你為了救她，才吸她的血嗎？」

雪菜的嗓音裡冷冷地包含著一股藏也藏不住的憤怒。古城依然摸不透自己惹人生氣的理由，戰戰兢兢地點點頭回答：

「就……就是這麼回事。為了奪取眷獸的支配權，這是不得已的。沒錯，不得已嘛。」

古城如此說完，試著彰顯本身正當性。照理說他什麼事都沒有做錯，這樣的行為反倒要受到稱讚才對。

可是雪菜的表情沒有變，反而徹底心寒地問：

「這樣啊。既然如此，學長之前為什麼想對我做下流的事情？」

「沒……沒有啊。我並沒有非分之想……單純是為了要吸血，我本身在各方面也需要做一些準備——」

古城吞吞吐吐的，講得全無說服力。引發吸血衝動的扳機是性亢奮。話雖這麼說，他總

不能對奄奄一息的亞絲塔露蒂上下其手，才會逼不得已向雪菜尋求協助。

「妳確實不算特別性感的那種類型啦，可是又沒有人能代替，我是想當成助興，才找妳幫忙一下而已嘛。」

「……助興是嗎……因為沒人代替，不得已才找我……？」

低頭的雪菜肩膀陣陣顫抖。古城看了才發覺自己失言了。再怎麼說，他剛剛的說詞未免太令人不堪。可是，他也找不到其他方法解釋。

於是冰一般的撲克臉就此瓦解，雪菜猛然挑起眉。

她擺著彷彿隨時會哭出來，卻又生氣到極點的臉色大罵：

「學長你乾脆就這樣沉到海底去算了！笨蛋——！」

雪菜大喊之餘，揮下受損的雪霞狼。

絃神島最深處，海面下兩百二十公尺深的最底層，迴盪著第四真祖的慘叫——

9

絃神島南嶼的住宅區。在九層樓高的公寓窗邊，有一道少女的身影。

稍稍留有未發育形象的十幾歲少女——

是曉凪沙。

她身上只披著用來代替睡衣的襯衫。

銀色月光照在衣料，透出她纖瘦的胴體。

頭髮放下來意外地長。應該到了腰際。

或許因為如此，相較於平時束起頭髮的模樣，印象便不同。往常的開朗氣質消匿其蹤，稚氣臉孔上散發著一股早熟的文靜感。

海風吹進敞開的窗口，使她那襲長髮無聲無息地搖曳。

她正望著的是聳立於絃神島中心的倒金字塔型建築物——基石之門。

那是島內最高的建築物，從這道窗口也能看得很清楚。

曉凪沙靜靜望著那棟巨大建築物。

絃神島在這天晚上是昏暗的。

燈光熄滅的基石之門，其英姿彷彿已融入漆黑的夜空。

它那模樣曾有短短一瞬，發出了打雷般的青白光芒。

看到那陣光芒，凪沙的嘴角露出不可思議的表情。

微笑裡，彷彿對光芒的底細心知肚明。

「獅子之黃金……總算覺醒了嗎……」

她唇中靜靜地編織出話語。

沉穩嗓音與平時的她判若兩人。

可是，那神情帶著某種愉悅。

「表示說，那個小弟也多少提起勁了？呵呵……不這樣可不行……」

使壞般的猙獰光彩，點綴了瞇起的眼睛。那是像搖曳火焰的光芒。

然而當風再次吹起時，成熟的文靜氣息與兇猛感，都從少女的身軀消失了。

她關上窗，好像忘了自己站在那裡的理由，然後「呼啊～～」打了個小小的呵欠。少女揉著眼睛回到自己房間的床上。

在房裡的，是無邪少女與往常無異的面孔。

「嗯，古城哥……」

她閉上眼，嘴裡唸著口頭禪似的嘟囔著哥哥的名字。

曉凪沙陷入沉眠，看似正作著一場幸福的美夢。

終章

Outro

姬柊雪菜一個人，坐在有夕陽照進的房裡。

獨居嫌太寬敞的公寓房間。曉家隔壁的七〇五號室。

空蕩房間裡沒有家具和其他東西，但只有雪菜坐著的客廳一角，還有微微的溫暖及生活感。窗簾、軟墊、裝紅茶的馬克杯，全是和古城一起買回來的家居用品。短短幾天內已變得眼熟的這些，再過不久應該就要與其告別了。如此一想，她感覺到莫名強烈的寂寞。

「……………」

傍晚的天色開展於窗外。

由這裡俯望的絃神市景緻，並沒有特別改變。風景如此和平，彷彿在這座島嶼最深處發生的那場大戰全屬虛構。

殲教師奧斯塔赫的基石之門襲擊事件結束後，過了三天。原本陷入混亂的絃神市居民也稍微冷靜下來，似乎是認為自己已回歸日常生活。

結果在那之後，趁著特區警備隊還沒進軍最底層，雪菜等人就先脫身了。因此，警備部隊的隊員們抵達最底層所看見的，只有難以名狀的破壞痕跡，以及失神的奧斯塔赫一伙人。而遭捕的奧斯塔赫，似乎也刻意地隻字不提古城和雪菜。

儘管奪回聖人遺體一事失敗，奧斯塔赫的行動仍演變成世界性風波。

使用聖遺物的奇蹟支撐人工島。對於絃神市的這項施政，以西歐教會為首的所有組織及國家一律大肆撻伐，同時也掀起了要求對奧斯塔赫減刑的陳情聲浪。基於日本政府的立場，也不可能無視那些。

結果，絃神市立下公約，會在兩年內將基石更換為普通建材製造的替代品。目前所使用的聖遺物，則要歸還給洛坦陵奇亞。

奧斯塔赫受到放逐出國的處分，而身為人工生命體的亞絲塔露蒂只是聽從主人之令，故以保護管束的形式處置。雖然實際手續接下來才會辦理，初步而言，社會已接納這項妥當的結論。

曉古城從隔天起，就若無其事地正常上學了。

由於暑假後的開學第一天就翹課，他好像被犀利班導師狠狠教訓了一頓，而且還得將沒寫完的暑假作業趕完，落得有點要命的下場。

不過對他來說，那應該是日常生活。

那種乏味的日子，正是他動用世界最強吸血鬼，第四真祖之力所要守護的——

「受不了……真拿這個人沒辦法……」

雪菜無意識咕噥這些，然後輕輕笑出聲音。

愉快得連她自己都訝異的這陣笑聲，立刻又變成嘆息。

再過不久，雪菜應該也會回歸自己的日常生活。

在高神之杜接受見習劍巫的修行。嚴苛雖嚴苛，但是用不著猶豫或煩惱，令人心平氣和卻又毫無變化的日子。那就是雪菜原本的日常生活。

要繼續執行監視古城的任務，雪菜已有太多部分顯得失態。

令第四真祖的眷獸失控，燒毀倉庫街。

險些讓身為監視目標的第四真祖，在自己眼前遭到殺害。

唆使並帶領拒絕戰鬥的第四真祖上戰場。

甚而獻出了本身的血，藉此幫助他使喚眷獸——

單看任何一項，都是身為監視者所不該有的行舉。

而且還參與和任務無關的戰鬥，導致獅子王機關的祕藏武器雪霞狼嚴重毀損。

雪菜並沒有精明到能隨便編造一篇報告，將事情蒙混過去。發生過的事，她全鉅細靡遺地向獅子王機關報告了。

雪菜恐怕將被視為喪失監視資格，再過不久就會讓獅子王機關召回才對。

光悔過處分就能了事倒還好，但雪菜即使被取消攻魔師資格，或者遭獅子王機關除名也都不奇怪。不過，那些全屬於雪菜本身該負的責任。因為是自己行動下的結果，她無從卸責。況且她對自己所做的事也不覺得後悔。

要說心裡有什麼留戀，大概就是不能再與曉古城見面這一點吧。

靠不住的他讓人感到牽掛。畢竟雪菜要是沒有親自留在身邊，那個吸血鬼不知道會捅出什麼麻煩——

「——！」

這時候，對講器的鈴聲忽然響了。

畫面上映出的，是個穿著宅配公司制服的男性。大概是獅子王機關派來的人員。

雪菜替他開了鎖，然後到玄關應門。此時宅配員的身影卻已經消失了。相對的，公寓玄關前擺著一個大行李。

是個長方形的鋁製箱子。那種手提箱稱為旅行箱，用於搬運吉他一類的樂器。貨標上的寄件者為獅子王機關，收件人則寫著雪菜的名字。

儘管困惑，雪菜仍將那只箱子搬進房間裡。

她解開箱釦，掀起箱蓋。

然後倒吸一口氣。

收在箱子裡的，是修理完成而煥然一新的銀色長槍。

†

「雖然鬧出不少風波，就結果來說……都還是照著布局在進行嗎？」

夜裡的彩海學園高中部。理應無人的教室中，有一名男學生的身影。是個短髮直立、脖子上掛著耳機的少年。

倚靠牆際的他身邊，有隻烏鴉。

朝著那隻停留在窗框的不祥之鳥，少年口氣輕鬆地攀談。

「如此獲得血之伴侶的曉古城，便掌握了一匹眷獸。也就代表，他離完整的第四真祖又更進一步。不過，我實在是搞不懂耶。那種出個疏忽就能燒光整條街的怪物，為什麼你們要特地讓它覺醒……？」

烏鴉默默聽著少年說的話。為漆黑羽毛所覆的那具身軀，呈現著一種詭異的光滑及平坦。依角度差異，那看起來也像不具厚度的單純摺紙。它並非現實中的鳥，而是靠咒力創造的式神。

「根本來講，時間點抓得未免太巧了吧？反正你們那麼精，八成打從開始就知道洛坦陵奇亞的殲教師在狩獵魔族，也明白那傢伙的目的是奪回聖遺物吧？」

少年語帶責怪地朝著烏鴉問道。

「特地把正義感強的見習劍巫派去那種地方，當古城的監視人，你們的企圖太明顯啦。表示讓古城吸那個女生的血，也是從一開始就算在計畫裡面的。受不了，居然對那種正經八百的女生做這麼狠的事。」

「……不過也多虧如此，第四真祖提早覺醒了。」

烏鴉忽然開口，嗓音好似沙啞的老人。

「無論我等出不出手，他都在那裡了。那麼用來控制他的手牌，盡可能多一張也好。」

「所以姬柊雪菜，就是掛在沉睡怪物脖子上的鈴鐺囉。」

同情似的嘆了氣以後，少年將目光轉向窗外說道：

「照古城的個性，確實是不會對那種堅強的女生惡言相向啦……可是她鐵定也沒想到，獅子王機關派自己過來，是要她當第四真祖的情婦吧。可憐吶。」

「夜之帝國的領主亦即真祖，會降生於這個國家，可是史無前例的事。為了不令國破家亡，也只得盡心算好每一步棋。」

咯咯咯。烏鴉從喉嚨發出笑聲般的鳥囀。

然而那打趣般的口吻中，卻夾帶著掩飾不了的沉重氣息。

對他們來說，這項計畫難保不是招來巨禍的雙面刃。參與這種賭局，心情就好比將點了火的打火機扔進火藥庫才對。

不過照目前看來，事態似乎正依他們的期望在演變。

姬柊雪菜確實與曉古城拉近了距離。

「況且，那娃兒也不一定就是可憐啊。所謂帝王的伴侶，就等於王妃吶。」

「唉，或許是啦……以我而言，心情有點複雜就是了。」

少年說著望向排在教室中央的桌子。那是他青梅竹馬的座位。身為曉古城的真正監視者，他報告的內容要是傳到那女生耳裡，恐怕會讓她暴跳如雷吧。那樣的未來可不太有趣。

烏鴉再度發出笑聲，彷彿對少年心裡的糾葛絲毫不覺。

「那麼，據說在歷史轉捩點便會現身的第四真祖曉古城——其出現究竟是兇是吉呢？話說在西歐教會若提到曉之子，指的就是墮天使路西法的別名……呵，有意思……」

他會成為神派遣的使者或者毀滅大地的惡魔呢——

留下這句疑問，烏鴉便化回原形了。

牠變成一張普通的紙，輕輕地隨風而去。

目送著那逐漸融入昏暗夜空的形影，少年看似煩躁地摸起頭髮。

「傷腦筋……表示你未來還多災多難耶，好友。」

無人的教室裡，響起了他這段帶著某種俏皮的嘀咕聲，而後歸於平靜。

†

曉古城正趴在學生餐廳邊緣，一處採光良好的露台座席上。

撐過了被作業掩埋的週末，星期一的放學後。看準賣剩的特價麵包而來的男學生，以及練習前的運動社團成員，讓露天咖啡座風格的學生餐廳意外熱鬧。

古城瞥著那些人，深深地發出嘆息。

「好熱……要著火了，要烤焦了。我會變成灰……話說，還要再補考是怎樣？那個小不點班導師，絕對是把我耍著玩吧！」

他望著攤開在桌面的參考書，沒有特別針對誰傾訴。

為了彌補古城不斷累積的缺課日數，在暑假最後參加補考的結果，很遺憾地似乎離所需的分數還有極大差距。而且暑假放完剛開學就翹課這點，同樣被視為問題，因此最後下達的處分就是再次補考。拯救絃神島脫離沉沒危機卻換來這種代價，未免太慘了吧？古城心想。

堪稱唯一救贖的，則是淺蔥從那次事件以後，一直對古城格外親切。

據說今天放學以後，她還特地留下來教古城準備再次補考。

被捲入基石之門事件的淺蔥，也知道成功阻止奧斯塔赫而救了絃神島的，其實是古城他們。就結果而言，在她看來，也許會認為古城賭命救了她吧。

實際上那全是古城擅自採取的行動，照理說淺蔥並沒有必要對他感恩，但有人肯教自己讀書還是讓古城相當受用。

而教他的淺蔥，正好去福利社買飲料了。

「…………」

在我回來之前寫一寫。面對她如此交代下來的整份題庫，古城無意識地撇開視線。

淺蔥成績十分優秀，不過或許是個人天賦異稟的緣故，她的教法不太好懂。反而是比古城小的雪菜說明起題目，還更容易理解。

話雖如此，古城也無法再依靠雪菜了。

負責監視古城的她，大概會遭到解職。雪菜自己曾這麼說過。她恐怕要回去那個叫高神之杜來著的地方，再繼續劍巫的修行吧。

古城沒理由挽留她。追根究柢，讓她那樣的女生監視古城，本身就是很不對勁的狀況。

不過，會有取代她的攻魔師被派來接手監視任務，讓古城相當不愉快。他不中意這點。

而雪菜會在古城不知道的地方接下其他任務，就使他更加不愉快了。

想像著她獨自作戰而受傷的模樣，古城胸口就會有股沉甸甸的不快感。

當古城找不到理由來說明這種火大的心情，正悶悶不樂地長吁短嘆時——

「你在準備考試嗎，曉學長……？那邊的公式弄錯了喔。」

突然，耳邊傳來了熟悉的嗓音。聽來有點衝，卻又正經八百的嗓音。

古城訝異得抬起頭，背對夕陽的雪菜就站在眼前。

她當然還穿著國中部的制服，背後揹著黑色硬盒。硬盒邊邊，掛著招財貓風格的小小幸運玩偶。

「姬……姬柊？」

「午安，學長。怎麼了嗎？看你的臉那麼吃驚。」

「呃……妳那個吉他盒裡面該不會……」

「是的，裡面裝著雪霞狼。昨天修理完送回來了。」

「咦……為……為什麼？」

「應該是因為監視學長會需要用到吧？畢竟這原本是用來對付第四真祖的裝備。」

雪菜用一如往常的冷靜語氣說道，但眼裡似乎帶著些許開心的笑意。

困惑的古城臉頰抽搐。

「那該不會是表示，以後妳還會繼續監視我？」

「要解釋的話確實是如此。其實，我也不太懂上層允許我繼續監視的理由……你覺得很可惜嗎？學長？」

雪菜說完露出逗弄人的表情，呵呵笑了出來。

古城苦笑著搖搖頭。

「不會，這樣太好了……感覺妳也顯得很有精神。」

「咦？我嗎？嗯，我並沒有特別覺得……」

「可是妳想嘛，我都在公園對妳做出那種事了。」

「你說……那種事？」

納悶地偏過頭的雪菜，臉頰突然像爆發似的變得通紅。她應該是想起自己為了催促古城吸血而做過的舉動了。

「啊，沒有……關於那件事……可以的話，我希望你忘掉……」

「我總不能說忘就忘吧。妳的身體有沒有狀況？」

古城還是擺出認真的神情問道。

光是被吸血鬼吸了血，據說並不會造成太大的影響。

不過，事有萬一。假如彼此並沒有攜手共度永生的覺悟，卻讓異性變成「血之隨從」，那問題可就大了。

然而，表示不用擔心的雪菜點了頭說道：

「嗯。我姑且用道具驗過了，反應是陰性。而且從月相來算，也可以知道那一天算是比較安全的。」

「這……這樣啊。哎，妳沒事就好。」

古城安心地呼了氣。附和的雪菜微笑著又說：

「對不起，讓學長擔心了。」

「不會啦……該怎麼說呢，我才應該向妳道歉。」

「我……我想學長不需要道歉。畢竟那個時候，是我主動引誘你那樣做的……」

貌似害羞的雪菜低下頭，小聲地說道。古城也十分難為情地搔著頭說：

「哎，話是那樣說沒錯啦。可是我也弄痛妳了啊。」

「不要緊的。那時候只有流了一點血，而且被學長吸過的痕跡，也差不多快消失了。」

雪菜摸向自己的頸根。那裡只貼了一小塊遮瑕的藥用膠布。那就好——當這麼說著的古城準備點頭時——

「——！」

剎那間，他全身僵住了。

從雪菜背後的矮樹叢裡，有道人影像殭屍般幽幽站起。是個和雪菜一樣，穿著國中部制服的女學生。同時也是個束起一頭長髮、散發著活潑氣質的少女。

「哦……古城哥，話說你吸了雪菜的什麼？」

少女低聲問道，音調低得像是壓抑著怒氣。

古城則臉色發青，抬頭望著嗓音的主人問：

「凪……凪沙？妳怎麼會在這裡……？」

「我剛才在福利社遇到淺蔥，她說古城哥你在準備考試，所以我想過來幫忙打個氣。結果就聽到你們兩個好像聊了一些不能隨便忽略掉的事。剛才你們講的那些，我想問得更清楚一點耶。就這樣。」

曉凪沙朝著哥哥露出了攻擊性笑容。揚起的嘴角抽搐，是她生氣到極點時的習慣。

「等……等一下，凪沙。我想妳大概誤會了什麼。對吧，姬柊？」

古城拚命想勸阻妹妹。一旁的雪菜也跟著點頭如搗蒜。

可是看了他們合拍的默契，凪沙似乎更加怒上心頭地問道：

「哦——誤會？是哪裡有誤會？古城哥奪走了雪菜的第一次，還弄痛她、擔心她身體狀況，聽你們談到那些，還有什麼要點可以造成誤會……？」

「就說嘛，妳想像的那些從頭到尾全部都是誤會啦……」

古城露出不知所措的表情。

可是，他也不能對凪沙吐實。凪沙並不知道古城是吸血鬼。假如可以，古城希望能再瞞著她一陣子。

「先不講那些了，妳有遇到淺蔥吧？那傢伙去哪裡了？」

古城盡可能冷靜地反問，總之他想先改變話題。

但凪沙用冷冷的口氣回答：

「要找淺蔥的話，她從剛才就一直和我在聽古城哥聊天啊？」

「咦？」

古城終於發現，在凪沙旁邊還有另一個女學生站著。

由於對方將聲息掩飾得太過徹底，古城都沒察覺到她的存在。

是個將制服穿得品味獨具，而且容貌豔麗的少女。可是，那張標緻臉孔上，如今只有冷冷的怒火燃燒著，令人聯想到復仇女神。

「慢……慢著，淺蔥。我也覺得要找時間和妳說明才對，不過這其中還有滿複雜深刻的因素在裡面——是說妳幹嘛生氣啊？」

古城立刻試著用渾身解數道歉。然而——

「你好差勁。」

淺蔥面無表情地這麼數落，然後便毫不留情地將手裡用紙杯裝的飲料全潑在古城頭上。有酸味湧上。那是蔓越莓蘇打和紅葡萄汁。

「學……學長！」

看見古城整張臉彷彿血流如注地滴著紅色液體，雪菜連忙拿出手帕。對於那樣的她，淺蔥同樣鋒芒逼人地靠近問道：

「妳也一樣。趁這個機會我們就來弄清楚吧，妳和古城是什麼關係？」

「我是負責監視曉學長的人。」

雪菜冷靜地回嘴。乍看之下言行沉穩，但其實雪菜也屬於好戰分子。看不見的火花，正在兩名少女之間迸發四射，她們瞪著彼此開口：

「監視？妳的意思是當跟蹤狂？」

「錯了。我的用意，單純是為了不讓學長做壞事——」

「那妳誘惑這個白痴要幹嘛！」

「妳……妳那樣說……倒也沒有錯……」

也許是心有愧疚的關係，雪菜只差一點就要服了對方。

「不對吧，姬柊。這點妳要否認啦！」

古城擦著眼角的果汁，同時忍不住放聲叫道。

淺蔥則輕蔑似的望著古城，嚷嚷說：

「來人啊，這裡有淫魔！這裡有個對妹妹的同班同學伸出狼爪的淫魔！」

「不要叫了，淺蔥！妳至少先聽我解釋！」

古城嚇得全力站起身，想要讓大聲起鬨的淺蔥安靜下來。可是——

「古城哥是大色鬼！變態！色情狂！再怎麼說都太齷齪了啦……！」

「請……請妳們不要罵了。曉學長確實也有下流的部分，不過——」

「凪沙妳也閉一下嘴。姬柊也一樣，而且妳那根本不算幫忙緩頰！」

被少女們大吵大鬧的聲音吸引，周圍學生的目光開始聚集到古城身上。男同學臉上是羨慕與嫉妒的表情，女同學臉上則浮現看待卑鄙罪犯般的侮蔑態度。他們的視線扎在背後，古城不禁仰頭向天，暗暗埋怨——

乾脆誰來殺了我吧。

詛咒著不老不死的肉體之餘，他獻上絕無可能實現的祈禱。

但他並沒有發現。

世界最強的吸血鬼。

第四真祖曉古城苦難的日子，這還不過是個開始，而他尚未發現——

後記

也許是在沒有ＣＧ的時代就看慣了電視上靈異節目的關係，我在過去是個對妖怪或者幽靈一丁點都不相信的小滑頭，可是我卻覺得自己對於身具異能的怪物，有一股比別人更強烈的興趣及憧憬。

這是我個人擅自想像的理論，但我認為怪物的由來粗略分成兩種，一種是罪犯或英雄等超乎常理的人，其形象遭到加油添醋後所賦予的樣貌；另一種則是對於人類智慧所不能企及的現象，諸如天災或「死」之類懷有恐懼，才因而化作實體的東西。而且，這兩者不時會交雜於一個角色當中，那種怪物對我便有擋不住的魅力。沒錯，比如吸血鬼就是這種二元合一的怪物。

儘管身為近似於人類的存在，卻又獲得了人類所無法駕馭的力量。他們會期盼些什麼？又要怎麼過活？這是從神話時代就反覆被描寫的主題，但他們活著的姿態至今仍扣人心弦。

於是《噬血狂襲1》就呈現在各位眼前了。

對我來說這是久違的新系列作。主角之一是世界最強的吸血鬼。儘管給人的感覺是：「唔哇，該怎麼說呢？這故事似乎很蠢。」不過就內容而言，則是快速直球般的校園動作奇幻小說。另外以棒球的球種來說，快速直球好像也是名正言順的一種變化球……無論如何，若能讓您讀得愉快便是我的榮幸。

然後這部作品尚有另一個主題，它也是敘述人們接納無法控制的怪物，並且對其伸出援手的故事。這同樣是眾多神話相傳下來的典型，不過我最喜歡這種橋段了。面對超越人類智慧的怪物，有時挺身抵抗的會是名不見經傳的少年或少女，而他們之後也會被傳頌為英雄。

許多情況下，他們的武器是來自年輕的有勇無謀以及愛情。ＬＯＶＥ。所以即使本作的兩名主角看起來只像一對不顧旁人的笨情侶，那也情有可原。儘管讓他們打情罵俏吧。

適逢本書付梓出版，我曾受到許多人深厚的關照。

特別是以「第四真祖」的命名為首、針對作品內容惠賜了眾多建議及指點的古橋秀之老師，我總是對您心懷感激。

還有為本作品提供精美插畫的マニャ子老師，非常感謝您。往後也請多多指教。另外，曾被我添了麻煩的所有朋友以及眾多照顧過我的貴人們，藉這個場合我也要致上謝意。

然後對於鼓足勇氣拿起新系列作第一集細閱的各位讀者，我由衷感謝你們。真的非常謝謝大家。

那麼，後記到了最後。

在二〇一一年三月十一日，發生了名為東日本大震災的大規模地震。

這篇後記，是在震災發生幾天後所寫。

當我提到這些時，對於受災戶的救援行動仍在展開，核電廠的事故處理也還持續著。我也有幾個朋友尚未取得聯繫，心裡很不安。祈求上蒼盡可能地讓我們多救一個人，也希望大家能早日回歸平穩的日常生活。

這部作品，是怪物及英雄的故事。不過天災及失控的科學技術，無疑是存在於現代的怪物，而我認為挺身面對那些的人們才是真英雄。

電影「蜘蛛人2」的其中一名角色說過：「I believe there's a hero in all of us.」——英雄，活在我們所有人的心中。

這部作品是怪物及英雄的故事。正因為我們身處於這種狀況，讀了這本書的您，若能從中獲得剎那間的安寧與勇氣，那將是我最欣慰的事。

Kadokawa Light Novels

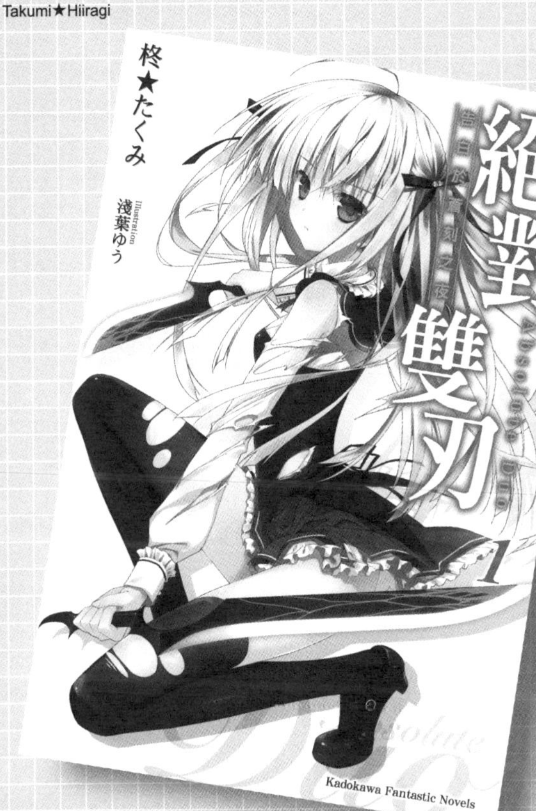

Kadokawa Fantastic Novels

絕對雙刃 1 待續

作者：柊★たくみ　插畫：淺葉ゆう

唯有和搭檔之間擁有羈絆，才能攫取未來。
學園戰鬥就此揭開序幕！

「焰牙」——那是藉由超化之後的精神力將自身靈魂具現化所創造出的武器。我因為擁有這種千中選一的能力，進入戰鬥技術學校就讀。然而，在學園中被稱為「絆雙刃」的搭檔制度之下，必須和銀髮美少女．茱莉整天都在同一個房間裡度過……!?

NT$180/HK$50

國家圖書館出版品預行編目資料

噬血狂襲 1 聖者的右臂 / 三雲岳斗作；鄭人彥譯.
-- 初版. -- 臺北市：臺灣國際角川, 2013.04
面； 公分-- (Kadokawa fantastic novels)

譯自：ストライク・ザ・ブラッド 1 聖者の右腕
ISBN 978-986-325-310-5（平裝）

861.57 102002589

Kadokawa
Fantastic
Novels

噬血狂襲 1
聖者的右臂

（原著名：ストライク・ザ・ブラッド 1 聖者の右腕）

2013年6月15日 初版第1刷發行
2021年6月24日 初版第8刷發行

作者：三雲岳斗
插畫：マニャ子
日版設計：渡邊宏一
譯者：鄭人彥

發行人：岩崎剛人
總編輯：蔡佩芬
編輯：孫千棻
美術設計：黃永漢
印務：李明修（主任）、張加恩（主任）、張凱棋

發行所：台灣角川股份有限公司
地址：105台北市光復北路11巷44號5樓
電話：（02）2747-2433
傳真：（02）2747-2558
網址：http://www.kadokawa.com.tw
劃撥帳戶：台灣角川股份有限公司
劃撥帳號：19487412
法律顧問：有澤法律事務所
製版：巨茂科技印刷有限公司
ISBN：978-986-325-310-5